現象としての私

本村俊弘

現象としての私

二〇〇三年（平成十五年）　三月三〇日（日）

イラク戦争のことが気になり、何か心の中に腫れ物が出来たように痛みを感じはじめる。戦争が一日も早く終戦となるように、今日から願掛けをしようと思う。平和がなければ生活もなりたたない。

二〇〇三年（平成十五年）　三月三一日（月）

職場の窓際に置いている薔薇の挿し木が、ようやく芽を出し、葉を広げてきた。毎日見るのが楽しい。薔薇の名前はクイーンエリザベス。花の色がピンク色の薔薇である。大瓶で飼っているメダカ二匹も元気に泳いでいる。

二〇〇三年（平成十五年）　四月一日（火）

仕事帰りに職場の人三人で、板橋区を流れる石神井川沿いに咲く桜を見に行った。並木沿いに提灯が飾られ、歩いている間に灯りがともった。これで今年の花見は終わったことになる。ついこの間、お正月だと思っていたのに、もう四月である。ほんとに最近は月日が経つのが速く感じられて仕方がない。

二〇〇三年（平成十五年）　四月三日（木）

今日のお昼頃、道を歩いていたらクロオオアリを今年初めて見た。アリは日本には二五〇種、全世界には約五〇〇〇種いるといわれている。日本での新参ものはアルゼンチンアリ。神戸港から検疫なしに上陸して、ただいま日本侵略中。アリと僕が共通するのは、甘味を好むところである。花冷えというのか肌寒く、厚着する。ここで風邪を引くわけにはいかない。香港などで新型の肺炎が広がっている。おそらく日本でも早晩、感染者が出るのだろう。

二〇〇三年（平成十五年）　四月四日（金）

美を自分自身の中に、確固としたものとして根づかせること、身体を清潔に保つこと、体液の循環をよくすること。

二〇〇三年（平成十五年）　四月五日（土）

午後に愛車のビッグホーンで坂戸市まで行った。坂戸市泉町にあるギャラリー「れ・ぼぬう」で開かれている「畑晩菁展」を見るために。作品は抽象画で、キャンバスのところどころに穴が開けられていて、色彩は白・黒・赤を基調としている。畑さんは地道にこつこつと確実に、自分の道を歩んでいる。畑さんは飯能市に住む長崎市出身の画家である。

二〇〇三年（平成十五年）　四月七日（月）

『現代詩手帳』の特集「アメリカのポストモダン」（一九九九年七月号）を読み続ける。ゲーリー・スナイダーの次の言葉が印象に残った。「違う言語も学び、出来るだけ広く人間性をそなえるようにし、よくものを知り、意識を鋭くさせておくこと。なぜなら、そうすることによって、その声の力を僕らがどう扱うか、どう表現するか、に役立つからだ。」

二〇〇三年（平成十五年）　四月九日（水）

ここ数ヶ月にわたって毎日、カセットテープの音楽を聞きながら通勤している。満員電車の中ではストレスが昂ずる。心を落ち着かせるのに役立っている。ヒトは限られた空間に多数閉じ込められると、攻撃的な性格が表れやすくなる。ちなみに曲はバッハの「イギリス組曲　第三番　ト短調」・「フランス組曲　第五番　ト長調」・「トッカータとフーガト長調」・「最愛の兄の旅立ちによせるカプリッチョ　変ロ長調」である。ピアニストはウィルヘルム・ケンプで演奏は素晴らしく、飽きることがない。この歳になって音楽の喜びが、今までにない静かな幸福感を齎してくれる。ケンプ（一八九五〜一九九一）はドイツのピアニストで、一九一六年にベルリン音楽大学在学中にデビューした。日本には一九三六年に初来日している。

二〇〇三年（平成十五年）　四月一〇日（木）

半日の仕事を終えて、新宿南口、高島屋十二階にある映画館に、フランスのドキュメンタリー映画「WATARIDORI」を観にいった。監督は「ミクロコスモス」・「キャラバン」等を制作している、フランス人のジャック・ペラン監督である。アオガン・タンチョウヅル・オオハクチョウ・コンドル・インドガン・クロヅル等の渡り鳥が登場する。鳥類がいかに偉大な生き物であるかを実感させる映画である。製作に三年、費用に二〇億円をかけたドキュメンタリーである。監督及びスタッフの並々ならぬ情熱を感じる。鳥たちにとって、国境は存在しない。地球があるのみである。カメラワークは鳥の視線で撮影されていて、臨場感あふれるものだった。一緒に飛んでいる仲間のようなカメラアングルで、それがどのようにして撮影出来たのか、不思議に思いながら画面を見ていた。

映画を観終わってから、同じデパートで開かれていた藤原紀香氏の撮影による『アフガニスタン写真展』をみた。入場料は五百円であったが、その収益金はアフガニスタンの教育支援事業の資金に充てられるとの事だった。アフガニスタンという国はなぜか以前より気になる国であった。ヨモギのことを調べていた時期があったが、ヨモギの仲間にセメンシナというものがあり、セメンシナは回虫駆除剤サントニンの原料となる。今はセメンシナと並んでクラムヨモギが原料となっているが、クラムヨモギのサントニン含有量は二～三%と高い。そのクラムヨモギはアフガニスタンとパキスタンの国境沿いにある谷が原産地である。一九五〇年に日本に導入され、主に香川県で栽培された。日本人は虫下しでクラムヨモギのお世話になり、アフガニスタンと縁があったのだ。アフガニスタンへ行って自生するクラムヨモギを見たいと思うようになった。

二〇〇三年（平成十五年）　　四月十二日（土）

仕事を終えての午後、池袋にある新文芸座で二本立てのアメリカ（コロンビア）映画を観た。一本目は一九五三年制作のフレッド・ジンネマン監督作品『地上より永遠に』で、俳優のバート・ランカスター、モンゴメリー・クリフト、女優のデボラ・カー、歌手のフランク・シナトラが出演していた。僕が一歳の頃の映画でモノクロであったが、大型スクリーンで見ると迫力があり内容も良く、映画の醍醐味を味わうことが出来た。二本目は『戦場にかける橋』で原題は「The Bridge on the River Kwai」。一九五七年制作のデヴィッド・リーン監督作品で、主な出演者はウィリアム・ホールデン、アレック・ギネス、早川雪舟でカラー映画であった。ホールデンの気絶するシーンは迫真の演技であった。この二本の映画に共通する点は日本軍が背景にあることだ。料金は二本で千円。

映画を観る前に、古本屋で本を四冊購入した。まど・みちお詩集『うめぼしリモコン』、『ユリイカ（総特集アメリカの詩人たち）』（一九八〇年臨時増刊号）、スザーン・ロメイン著土田滋・高橋留美訳『社会のなかの言語』、『漢文重要語句辞典』紫藤誠也編・清水書院刊。

夜、帰宅してからNHKスペシャル『ことばを覚えたチンパンジー・アイとアユムの親子日記』を見る。母親のアイは二三歳、息子のアユムは三歳である。二匹は愛知県犬山市にある京都大学霊長類研究所に住む。アイたち以外にもクロエと娘のクレオ、パンと娘パルの母子が住んでいる。最近の研究ではヒトの新生児だけがすると言われていた「新生児微笑」が、生後十六日目のチンパンジーでもする事が確認されている。

二〇〇三年（平成十五年）　四月十三日（日）

今日はピアノと声楽のレッスン日で、午後から三時間、ピアノと発声の練習をした。ピアノのテキストは『HANON』（全訳ハノンピアノ教本）全音楽譜出版社刊を使っている。なぜピアノを練習するのか？　ピアノが大好きであることと、ショパンの楽曲を愛しているからだろう。二十代、なかなか自分の思うようにはいかず、苦しく悩むことばかりであった。そういう時期のある日、銀座・有楽町をあてもなく歩いていた時、「ショパンの音楽があるじゃないか、ショパンの音楽がある限り生きられる」と瞬間、閃いたのです。その足で近くの書店へ行き、ショパンに関する本を購入したことを昨日のように思い出す。二八年ほど前のことである。ピアノを習い出して五年ほどになるが一向に上達せず、今もってショパンの曲は一曲も弾けない。声楽は習い出してから一年が経つ。主に発声練習を主体に、ナポリ民謡を練習している。

二〇〇三年（平成十五年）　四月十四日（月）

今日、新しく人の名前を知った。室町時代の人で名は東陽英朝禅師。生没年は一四二八年～一五〇四年である。禅師は『句双紙』という書物を編纂したという。『句双紙』が重要なのはこの書物が、『禅林句集』の母体になったということである。東陽英朝禅師とはいったい何者なのか?何を考え、何を求めていたのか?『句双紙』には何が書かれているのか、五百年前に生きた人、そして書物。興味は尽きない。

二〇〇三年(平成十五年)　四月十五日(火)

仕事を終えてから、新文芸座でアメリカのコロンビア映画名作選の二本立て映画を観た。帰宅したのは午前零時十分頃だった。さすがに疲れたが映画好きの自分にとっては楽しく、またアメリカ人の考え方、価値観を知る手懸りであった。二本とも未知の映画であった。一本目は一九四六年制作、アルフレッド・グリーン、ジョセフ・ルイス監督の『ジョルスン物語』。出演はラリー・パークス、イヴリン・キース、ウィリアム・テマレストなど。主人公がいうセリフ「お楽しみはこれからだ(You ain't heard nothin' yet.)」は有名である。二本目は一九五五年制作、ジョージ・シドニー監督作品『愛情物語』(原題 THE EDDY DUCHIN STORY)であった。出演は主人公にタイロン・パワー、相手役に女優のキム・ノヴァクとヴィクトリア・ショウであった。二本とも音楽を生活の糧にしている男の物語であった。ジョージ・シドニー監督の作品には『アニーよ、銃をとれ』、『ショウ・ボート』、エルビス・プレスリー主演の『ラスベガス万才』などがある。

二〇〇三年（平成十五年）　四月十七日（木）

毎朝、目覚し時計は午前六時ちょうどに鐘を鳴らす。午前七時一五分頃にアパートを出て午前七時二五分頃に東武東上線川越駅から池袋行きの電車に乗る。仕事場には八時一五分頃に着く。今夜、月は午後七時二一分に満月となり、春の土用の入りである。今日の満月は春分の日を終えて、最初の満月である。ということはキリスト教徒にとって、春分後最初の満月の後の日曜日が復活祭と決められている。復活祭は移動祝日である。今年の復活祭は四月二〇日である。今夜の満月を午後八時頃見た。何事もなければいいが。

今日も池袋の新文芸座でマーロン・ブランド主演の映画を二本見てきた。一本目は『逃亡地帯』（原題は The Chase）

二〇〇三年（平成十五年）　四月十九日（土）

仕事帰りに、池袋西口にある新文芸座へ行き、コロンビア映画名作選二本を観る。二本ともフランク・キャプラ（Frank Capra）監督作品で、一本目は一九三四年製作『或る夜の出来事』（原題「It Happened One Night」）、出演はクラーク・ゲーブル／クローデット・コルベール。

二本目は一九三九年製作『スミス都へ行く』（原題「Mr. Smith Goes to Washington」）、出演はジェームズ・スチュアートとジーン・アーサー。二本とも古き良きアメリカを強く感じさせ、社会風刺が山椒のようにピリッと効いている作品であった。監督のフランク・キャプラ（Frank Capra）は一八九七年イタリア・シチリア生まれで、六歳の時にアメリカへ移住する。一九九一年に死去する。

二〇〇三年（平成十五年）　四月二十日（日）

午後から外出して、池袋の新文芸座に出向き映画三昧であった。五〇年以上の古い映画を大型スクリーンで観られる機会を逃したくなかった。今まで観た感想は、映画は映画館で観るに限るということだ。二本観たが一本目は一九四六年製作の『ギルダ』（原題「GILDA」）。監督はチャールズ・ヴィダー、主演はリタ・ヘイワース、相手役は男優のグレン・フォード。二本目は一九三六年製作の『オペラハット』（原題「MR. Deeds goes to town」）だった。監督はフランク・キャプラ（Frank Capra）で、主演はゲーリー・クーパー、相手役の女優はジーン・アーサー。

帰宅後History Channelの番組で『ドイツの戦車Tiger』を見る。独ソ戦の映像とノルマンディー上陸後の連合国との戦闘映像が見られた。独ソ戦はTigerとT34との戦いである。T三四の射程距離は五百メートル、Tiger は千メートル。Tiger 戦車の圧倒的な破壊力である。連合国のノルマンディー上陸が始まってからドイツ軍はロシア戦線の Tiger 戦車をフランス戦線へ移動させた。一九四四年末のバルジの戦いに初めて King Tiger が登場する。しかし今回のイラク戦争と同じように空からの爆撃で戦車は破壊され、戦況は連合国有利に傾いていった。

二〇〇三年（平成十五年）　四月二十一日（月）

今日は五〇分ほど残業して、駅前で夕食を摂って七時十五分頃帰宅した。ニュースで野茂英雄投手が大リーグ通算一〇〇勝を達成したことと、ヤンキース松井秀喜選手の連続試合出場が途切れなかったことを知って、嬉しくなった。野茂投手の父方の故郷は長崎県五島列島の有川町である。五島列島は西暦七〇二年（大宝二年）の第七次遣唐船から七五九年（天平宝宇三年）の第十一次遣唐船の南島路の寄港地であった。それ以降は五島列島から直接、中国大陸へ向かった。第十六次遣唐使に同行した留学僧の中に、空海と最澄がいた。空海は第一船に、最澄は第二船に乗船して五島田ノ浦から中国に向けて出発している。野茂という姓は有川町に多く見られる。野母崎半島の野母とも何か関係があるのかも知れない。五島列島を知るための本として、民族学者宮本常一氏の『私の日本地図5　五島列島』がある。五島列島への旅を誘う本である。

午後八時からNHKの番組『地球・ふしぎ大自然』を見る。ニュージーランドの世界遺産の島、スネアーズ諸島とその島に棲息しているスネアーズペンギンの生態を知る。スネアーズペンギンの営巣地は海岸から片道四時間もかかるところにある。あの歩き方で四時間とは、往復で八時間、言葉がない。自然は驚異である。

二〇〇三年（平成十五年）　四月二十三日（水）

今日も仕事を終えてから、池袋の新文芸座にアメリカ・コロンビア映画二本立てを、観にいった。一本目は一九六九年製作、デニス・ホッパー監督・脚本・出演の『イージー・ライダー』（原題「Easy Rider」）、他の出演者はピーター・フォンダ（脚本も）、アントニオ・メンドーサ、ジャック・ニコルソン。ロード・ムービーは大好きである。ラストシーンは何度見ても衝撃的である。映画自体は低予算で出来ているが、その当時の内容としては革新的な映画である。二本目は一九六五年制作の『コレクター』（原題「The Collector」）。監督はウィリアム・ワイラー、出演者はテレンス・スタンプ、サマンサ・エッガー、モーリス・バリモア。ウィリアム・ワイラー監督の作品の他には『ローマの休日』・『大いなる西部』・『ベン・ハー』などがある。ウィリアム・ワイラー（William Wyler）は一九〇二年七月一日にドイツ・アルザス地方で生まれている。両親はスイス人である。教育はフランスのパリで受けている。一九八一年に死去している。コロンビア映画名作選もあと二本となった。何事も徹底するにはエネルギーと時間が必要である。

佐世保市在住の詩人、Mさんから詩集『四拍子の朝に』が贈られてきた。本の帯には詩人、新川和江さんの文章が載せられている。出版社が花神社で二五篇の詩が編まれている。立派な詩集である。詩「夏の夢想画」が気に入った。自分の四冊目の詩集はいつ出版できるだろうか。

二〇〇三年（平成十五年）　四月二十四日（木）

午前中の仕事を終えて、池袋の新文芸座へ向かった。今日の上映は一本目がスタンリー・キューブリック監督作品で、一九六四年制作の『博士の異常な愛情』（原題「Dr Strangelove or How I learned to stop worring and love the bomb」）と、二本目がスティーブン・スピルバーグ脚本・監督作品で一九七七年／一九八〇年制作の『未知との遭遇〈特別編〉』（原題「Close encounters of the third kind」）であった。『博士の異常な愛情』の出演者はピーター・セラーズ、ジョージ・C・スコット、スターリング・ヘイドン他であった。Stanley Kublic 監督は一九二八年七月二六日にニューヨークで生まれ、二〇〇二年にイギリスで死去している。

『未知との遭遇』の出演者はリチャード・ドレイファス、テリー・ガー、メリンダ・ディロン、フランソワ・トリフォー他で、音楽はジョン・ウィリアムズ。一九八〇年にラストに登場する宇宙船の母船内部を追加撮影して、再編集している。Steven Spiellberg 監督は一九四七年一二月八日にオハイオ州で生まれている。

活水女子大学教授のT氏より著作『痛き夢の行方　伊東静雄論』(日本図書センター刊¥四八〇〇)が贈られてきた。259ページの労作である。今年は詩人伊東静雄没後五十年である。この本の中で伊東静雄は神経衰弱を克服する過程で、リルケの詩に影響を受けて作品を訳したとある。興味深い話である。伊東静雄(一九〇六～一九五三)は長崎県諫早市出身で三年近くの肺結核の闘病後に大阪で亡くなっている。詩集に『わがひとに与ふる哀歌』(昭和十年)・『夏花』(昭和一五年)・『春のいそぎ』(昭和一八年)・『反響』(昭和二二年)がある。若き三島由紀夫が昭和十九年に敬愛していた伊東静雄を、勤務先の住吉中学(大阪)に訪ねた話は有名である。

二〇〇三年(平成十五年)四月二十五日(金)

仕事帰りに駅近くの出張所で、市議会議員選挙の不在者投票を済ませた。誰に投票していいか決めかねていたが、全盲の候補に投票した。日曜日は忙しいので、棄権しかねなかった。駅近くで投票できるのはありがたい。その後、新刊書店に立ち寄り、NHK人間講座の頼富本宏著『空海―平安のマルチ文化人』と同じ講座の米沢富美子著『真理の旅人たち―物理学の二〇世紀』そして美術月刊誌『ギャラリー』（四月号）の三冊を購入した。『ギャラリー』には知人の日影眩さんがニューヨークの今のアート・シーンを記事にしている。五年前には眩さんの案内でニューヨーク・マンハッタンのソーホー地区とチェルシー地区の有名・無名のギャラリーを見て歩いた。去年の五月には眩さんのアパートに泊めていただいて、美術家の杉浦邦恵さんと会うことができた。眩さんは三年前に記事にした文章を纏めて、（株）ギャラリーステーションという出版社から『三六〇度のニューヨーク』（三二八頁・二四〇〇円）というタイトルの本を上梓している。

二〇〇三年（平成十五年）　　四月二十六日（土）

仕事を終えて帰宅して午睡したが、その前にHistory Channelの番組『進化する銀行』を午後三時～四時まで見る。「Bank of America」の社史を映像で知ることが出来た。一九〇四年にイタリア系移民のA・P・ジャニーニがサンフランシスコに「Bank of

Italy」を設立したのが始まりだった。一九〇六年のサンフランシスコ大地震の時にジャニーニは必死に銀行業務を再開して、顧客の信頼を勝ち得た。一九三〇年にカリフォルニア・アメリカ銀行を合併して、「Bank of Italy」を「Bank of America」に改称した。現在は全米最大の銀行に発展している。

見終わってから午後四時から六時まで睡眠をとった。深夜から今朝早くまでテレビ朝日の番組『朝まで生テレビ』を見たので、眠くて仕方なかった。その番組の出演者の中に重信メイ氏がいて、関心をもって発言を聞いた。午後九時からＮＨＫの番組『大自然スペシャル―深海探検モントレー湾』を見る。海藻のジャイアントケルプ、それから生きた化石と言われるコウモリダコなど深海生物の生態を垣間見ることができた。

二〇〇三年（平成十五年）　　四月二十七日（日）

朝六時に起床し、七時から断続的に雑事をこなしながらピアノの練習をする。午後から外出し池袋西口にある勤労福祉会館で、医療保険の講習会に出る。帰りに池袋西口広場を通るとバングラデシュの祭りをやっていて、数百人と思われるバングラデシュ人が集まっていた。これほどの民族衣装をまとった、バングラデシュ人男女を見たのは初めてだった。舞台では十二人ほどの男女の民俗音楽集団が、歌と楽器演奏をしていた。前の方で聞いていた男性数人が歌に合わせて踊り出した。インド音楽と同じように感じられたが感動すべき音楽で、しばし耳を傾けて幸せな時間をバングラデシュ人と共有した。夜、ピアノと声楽のレッスンを受ける。午後十時半頃に帰宅。

『現代詩手帳—特集アメリカ詩のポストモダン』（一九九九年七月号）を読了。今日、読んだ本の中で未知の人の名前を知った。その名はレーモン・ルーセル（一八七七〜一九三三）といい、フランスの詩人で小説家である。作品には『アフリカの印象』・『ロクス・ソルス』というものがあるらしい。男性は女性の容姿に比重を置き、女性は男性の優しさを評価する。両性とも妥協の道を探る。ちなみにマリリン・モンローとケイト・モスの waist と hip の比率は 0.7。

二〇〇三年（平成十五年）

四月二十八日（月）

仕事を終えて新宿まで飲みに行った。友人四人で新宿パークタワーへ行き、PARK HYATT TOKYO の四一階にある THE PEAK BAR でビール・ワイン・カクテルを飲んだ。二時間以内、五千円で飲み放題であった。四一階からの眺めは息を呑むようだった。新宿ワシントンホテルが眼下に低く見えた。店内は見事に洗練されたインテリアで、照明は夜景を台無しにしないためか最小限に抑えられていた。天井は吹き抜けになっていて、ガラス窓で出来ていた。久しぶりに贅沢な夜を過ごした。新宿パークタワーの設計は丹下健三氏である。一九九〇年九月に着工し、一九九四年四月に竣工している。地下五階、地上五二階でハイヤットホテルは三九階から五二階までを占めている。東京周辺にある丹下健三氏設計による建物は東京カトリックカテドラル・東京都庁・フジテレビ本社ビル・幕張プリンスホテル・東京ファッションタウン等がある。最近の仕事では銀座中央通りに出来た、フェラガモ銀座店の設計がある。わたしは東京カテドラル・東京都庁・フジテレビ本社ビル・新宿パークタワーを見たことになる。

二〇〇三年（平成十五年）　　四月二十九日（火）・緑の日

午前中、NHKの番組『空海が夢見た宇宙―高野山一二〇〇年の至宝』を見る。

夜、十二チャンネルの番組『ガイアの夜明け』を見る。番組では発展する中国の裏側で、自由市場による競争で国営企業が次々に競争に負けて、倒産している現実を放送していた。日本の職安にあたる労務市場は失業者であふれていた。失業者の中で四十歳以上の人の再就職は困難を窮めていた。画面に出ていた四六歳の男性は今まで勤めていた仕事の殻から抜け出せずにいて、新しい競争社会についていけない表情を見せていた。映画監督であれば、シナリオ化して一本の映画を　作れると思いながら番組を見ていた。取材場所は重慶であった。どこも官僚主導の組織は競争原理が働く自由市場では、生き延びることが出来ない組織であることを再認識させた。経済発展著しい中国だが、日向があれば陰もある。中国の陰のほうに目を注ぐようにしたい。

二〇〇三年（平成十五年）　四月三十日（水）

シネフィル・イマジカの番組でポーランド人のアンジェイ・ワイダ監督作品『聖週間』を観る。一九九六年度ベルリン映画祭銀熊賞受賞作品である。これで同作品を二回観たことになる。一度目は岩波ホールで観た。アンジェイ・ワイダ監督は一九二六年三月六日にポーランドのスワルホに生まれ、第二次世界大戦中は対独レジスタンス運動に参加している。戦後は国立映画大学に学び、映画を作り始める。僕が十歳の頃、毎週土曜日の午後にＮＨＫの番組で『劇映画』というタイトルで、映画が放送されていてよく見ていた。その中で記憶に残った映画があった。それは『地下水道』という映画であった。大人になって、その映画がアンジェイ・ワイダ監督の作品であることを知って、ポーランド映画を注目して観るようになった。二〇代の頃、ポーランド語を一年間勉強したことがあった。ものにはならなかったが、いくつかの単語はまだ覚えていて、ポーランド映画を身近に感じる要因になっている。『聖週間』を観ながら、同じポーランド出身の映画監督ロマン・

ポランスキーの作品『戦場のピアニスト』と比較しながら観ていた。
午後、同じシネフィル・イマジカの番組でアメリカ映画『カンザス・シティ』を観る。ラストが意外だった。

二〇〇三年年（平成十五）　五月一日（木）

仕事を終えてから、恵比寿まで出向き写真展と映画を見た。写真展は東京都写真美術館で開かれている『荒木経惟　花人生展』である。観覧料一般千円。初期のシリーズ作品「彼岸花」・「近景」・「色景」から色彩鮮やかな「花曲」・「花情」・「彼岸色花」・「色情花」の作品群、またモノクローム作品群の「死情」・「Mythology」が展示されていた。一番驚いたのは荒木氏の絵画作品が展示されていたことだった。なかなか趣のある絵で、短時間の内に描かれているように思えるものであったが、色彩豊かで勢いがあり興味をもった。最愛の妻陽子の愛と死の写真と文章はいつも心を揺さぶられる。

映画は恵比寿ガーデンシネマでフィンランド映画、アキ・カウリスマキ監督作品の『過去のない男』（原題「mies vailla menneisyytta」）であった。二〇〇二年カンヌ映画祭でグランプリと主演女優賞を受賞している作品である。映画の中で演奏していたバンドが緊急来日して、恵比寿ガーデンプレイス・センター広場で無料コンサートを開くそうだ。五月十日（土）午後二時〜三時。アキ・カウリスマキ監督のカメラワークは小津安二郎監督につながるものだ。静けさがいい。

二〇〇三年（平成十五年）　五月二日（金）

仕事場（東京都練馬区）の四階の窓から今年初めてツバメが飛翔しているのを見た。一年ぶりで静かに感動を覚える。

二〇〇三年（平成十五年）　五月三日（土）

仕事を終えて池袋にでる。西武百貨店のLIBROで三木成夫（みきしげお）著『内臓のはたらきと子どものこころ』（築地書館￥一四〇〇）、C・S・ノット著古川順弘訳『回想のグルジェフ』（コスモス・ライブラリー刊￥二四〇〇）、それから三階にある詩の専門書店ぽえむ・ぱろうるで、ゲーリー・スナイダー著重松宗育・原成吉訳『野生の実践』（原題「The Practice of the Wild」）（山と渓谷社￥二〇〇〇）の三冊を購入した。三木成夫氏（一九二五〜一九八七）は亡くなられてから一六年も経つが、氏の思想の重要さはますます認識されてきていると思う。買った本の一節に次のようなものがある。「このようなわけで、私どもは、宇宙リズムがもっとも純粋なかたちで宿るところが、まさにこの内臓系ではないか、と考えているのです。」

二〇〇三年（平成十五年）　五月六日（火）

連休前から喉に痛みを覚えていたが、風邪だったのかもしれない。連休中は体調が悪く、日曜日以外は家で過ごした。今日は無理をして仕事に出た。立ち眩みすることが何回かあったが、何とか早引きしないで乗り切った。午後七時に床につく。

二〇〇三年（平成十五年）　五月七日（水）

今朝は昨日より体調が良くなっている。今日もベストを尽くして仕事に取り組むつもりだ。

二〇〇三年（平成十五年）　五月九日（金）

今日生まれて初めて、苧環（オダマキ）という紫色の花を咲かせている植物を見た。北海道や高い山に自生しているらしい。

三月五日に職場で薔薇の切花を十本もらったが、数本の薔薇がいまだ枯れず、そのうちの一本が三日前に新たな花を咲かせてしまった。切花で水と光だけでここまで生きているのが不思議なのに、花まで咲かせるとは驚きである。

仕事帰りに、東武練馬駅そばにあるマイカル板橋でドキュメンタリー映画『Bowling for Columbine』を鑑賞した。アメリカの恥部をさらけ出すような映画であった。一般のメディアからは伝わってこない内容のものであった。映画を見終わって悲観的にはならず、マイケル・ムーア監督の姿勢に共感し、人間の良心を信じていける希望を与えられたように感じた。映画に登場していたチャールトン・ヘストンの活動と話は希望ではなく失望させられるものだった。ロック歌手のマリリン・マンソン（Marilyn Manson）の話は彼の本音が聞けてよかった。彼に対するイメージが変わるものだった。

二〇〇三年（平成十五年）　　五月十日（土）

ニューヨーク在住の日影さんより電子メールが届き、ソーホー地区にあるイセ画廊で美術評論家で詩人の建畠哲氏の詩の朗読会があり、その会場で知人のYUKOさんと、ご主人で詩人のスティーブ・ダラチンスキー氏と会って、僕のことが話題になったとのこと。

O市在住のTKさんよりお電話があり、八月九日に長崎市で計画している『追悼　吉原幸子さんの思い出』の件で話し合う。詩人の吉原幸子さんは長い闘病生活 をされていたが、去年の十一月二八日に肺炎で亡くなられた。七〇歳であった。彼女の詩に次のような一節がある。「月の引力が／こんなに大きな海をひっぱる ほどなら／月夜には わたしたち／少しずつ かるいのかもしれない・・」

MTVで『Diary of Marilyn Manson』をみる。孤独にアメリカ社会の中で、自己の存在を彼流にアピールしている姿があった。彼の話を聞いていると、話しに説得力があるのに気付く。コロンバイン高校の銃乱射事件が彼の存在を拡大させたが、事件と彼を結びつけるのはあまりにも短絡的である。

二〇〇三年（平成十五年）

五月十一日（日）

History Channelの番組『バイキングの時代』（午前八時〜午前九時）をみる。今のノルウェー、スウェーデン、デンマークから船でヨーロッパ各地に侵略して行く様子が、地図とバイキングの研究者三人の話で理解された。アゴヒゲアザラシのタマちゃんのように各地の川をさかのぼって侵略していったことがわかった。今のパリ、ロンドン、キエフ、イスタンブールなどの都市を攻撃している。初期には侵略した後は一度母国に戻って翌年の春に再び侵略していたが、中期からは母国に戻らず拠点に留まって侵略を継続していった。

午前九時からＮＨＫ教育番組の『新日曜美術館―変貌を続けた未完の天才・三岸好太郎と妻』をみる。

午後から二時間半ほどピアノの練習をして、夕方にピアノと声楽のレッスンを受けに愛車で浦和まで出かけた。

二〇〇三年（平成十五年）

五月十二日（月）

毎日新聞の二日前の記事と今朝の記事に目が留まった。二日前の記事は『世界の目』というコラムでリチャード・コーエン氏（米ワシントン・ポストのコラムニスト）がメディア王、マードック氏のイラク戦争に対する姿勢を批判しているものだった。マードック氏は世界の一七五の新聞とFOXテレビなどのメディアを支配している人物である。マードック氏は自分が支配するニューヨーク・ポスト紙を使って「アメリカ主義」の名の下に、イラク戦争に反対する有名タレントのボイコットを呼びかけたという。その新聞のコラム欄で「サダムを愛する人を助けるな」と呼びかけ、「融和政策」支持の有名人を列挙したという。コーエン氏は違う意見を持つことは奨励されるべきなのに、討論を一方的に裏切り者と声高に叫ぶものであるか、それに近いやり方だとマードック氏を批判する。裏切り者と呼ばれた人の中に、湾岸戦争の報道で活躍したアーネット記者がいる。コーエン氏はマードック氏が米国のジャーナリズムに極端な愛国主義と不寛容な精神をもたらしたと批判している。もしこれが事実とすればマッカーシズムの再来ではないか。

二〇〇三年（平成十五年）

五月十三日（火）

今朝の記事で目に付いたのは、ハーバード大学ケネディ行政大学院学長のジョセフ・ナイ氏のインタビュー記事であった。ナイ学長はソフトパワー（文化・価値観などの魅力で他国を引きつける力）の重要性を述べていた。軍事力だけですべてを解決することは出来ず、国際協調においてはソフトパワーが必要で あると。単独行動主義の人たちは過度の軍事力重視を行い、それが国際社会に亀裂を生じさせていると分析していた。

午後九時一五分からNHKの番組『プロジェクトX』をみる。今夜の内容は一九八六年四月二六日に爆発したチェルノブイリ原子力発電所がもたらした災厄に関するものであった。爆発して数年後に、風下にあったベラルーシで子どもたちに甲状腺癌が多発し始めた。そのことを知った信州大学医学部の甲状腺を専門とする菅谷助教授が大学の職を辞して、ボランティアで単身ベラルーシに向かった。菅谷医師のベラルーシにおける五年にわたる苦闘の物語であった。

日曜日の夜にみた『情熱大陸』で紹介された脳腫瘍摘出手術の世界的医師である福島教授の働く姿も、今夜と同じように考えさせられるものがあった。医療ミスが続出する昨今であるが、医師の献身的な仕事があることも忘れてはならないだろう。

二〇〇三年（平成十五年）　五月十四日（水）

帰宅後、横になっていたらいつのまにか寝てしまった。深夜に目覚めて詩作をする。「New YORK Times」のWEBサイトでニューヨークにあるホイットニー美術館の館長マックスウェル・アンダーソン氏辞任の記事を読む。

二〇〇三年（平成十五年）　五月十六日（金）

朝の通勤時に聞く音楽を何ヶ月ぶりに変更した。ピアノ曲で演奏者はウラディミール・ホロビッツとフジ子・ヘミング。ホロビッツの曲目はショパンの「マズルカ変ニ長調」・「幻想ポロネーズ変イ長調」・「ワルツ第七番嬰ハ短調」・「プレリュードロ短調」・「ポロネーズ第三番イ長調（軍隊）」・「エチュード変ト長調（黒鍵）」・「エチュードハ短調（革命）」・「エチュードホ長調（別れの曲）」・「エチュード嬰ハ短調」。

フジ子・ヘミングの曲目は「ラ・カンパネッラ」（六分三十秒）。使用する機器は韓国製のMp—man（MP3プレイヤー）で容量は約一時間四五分で、ベルトに装着してイヤホンで楽しんでいる。

二〇〇三年（平成十五年）　五月十七日（土）

午前の仕事を終えて新河岸駅近くにある「アートスペースあしび舎」へ行き、『国峰照子オブジェ展』をみた。国峰さんは高崎市在住の詩人でアーティスト。

午後十時二十分からＮＨＫの番組『地球に乾杯—羊の国の二一世紀アート』をみる。なかなかニュージーランドの情報が入って来ないので、貴重な番組であった。ニュージーランド人の真面目さが伝わってくる内容のものであった。日本とニュージーランドはもっともっと絆を深める努力をすべきであろう。両国は北半球と南半球でシンメトリーを描く島国である。

二〇〇三年（平成十五年）　五月十八日（日）

La La TVの番組で『エルトン・ジョンとスーパースターたち』（午後三時～四時半）

をみる。スティング（Sting）との共演は聞き応えがあった。エルトン・ジョン（Elton John）のエンターテイナーぶりがよくわかる番組であった。他にペット・ショップ・ボーイズ、俳優、コメディアン、スポーツ選手、音楽プロデューサーなど有名人が多数でていた。

五月十九日（月）

二〇〇三年（平成十五年）

History Channel の番組『アラブ独立』（午後十一時～十一時五五分）をみる。今の中近東がどのようにして形成されてきたか映像を通して説明があり、中近東の 近現代史を理解する上で格好の番組であった。今回のイラク戦争もこの歴史の延長線上にあることが理解されてくる。イギリスがアラブを分割して植民地化して いったことが、映像を通して如実に説明されていた。番組を見る限りイギリスが行った軍事力によるアラブ分割植民地政策は、アラブ人に対する犯罪行為と言っても言い過ぎではないように思える。今回のイラク戦争参戦に対してイギリス国民が反対したことは、大いに意義があることだと思う。イスラエルとパレスチナ の問題や、フランスの植民地であったレバノンとシリアのことや、イタリアの植民地であったリビアにはムッソリーニの時代にイタリア人が入植していたことを今回はじめて知った。イギリスのイスラエル独立を約束したバヌフォア宣言をみても、そして今のアラブの問題につながる国境線策定にしても、イギリスの責任は重大であることが理解された。アラビアのロレンスも決して褒められたものではない。

二〇〇三年年（平成十五年）　五月二十日（火）

深夜にＮＨＫスペシャル『文明の道』をみる。アレクサンドロス大王（紀元前三五六～紀元前三二三年）が作った都市についてであった。アフガニスタンの アイ・ハヌムという土地が昔、アレクサンドロス大王が作ったギリシャ人の都市で、六〇〇〇人のギリシャ人が住んでいたという。一部の石作りの彫刻を除いて 今は何も残っていない。

二〇〇三年（平成十五年）　五月二十一日（水）

昨日の毎日新聞夕刊文化欄にサミュエル・ベケット（一九〇六～一九八九）に関する記事があった。それによるとベケットは一九三六年の秋から半年を かけてドイツを旅行するが、それは孤独なものであったらしい。ベケットの死後、そのドイツ旅行時に書かれていた日記が見つかり、その日記には次のような記 述があるそうだ。「大事なのは、ルターの歴史的意義などではなく、ルター（一四八三～一五四六）が何処へ行き、何を食べ、何で死んだかというような人生の具体的細部なのだ」と。「人生の具体的細部」というところは全く同感するところだ。

History Channel の番組『戦争と兵器』（進化する爆弾）をみる。中国の火薬の発明から湾岸戦争までの爆弾が（地雷から原子爆弾まで）説明されていた。毎日新聞社の記者がクラスター爆弾を日本に持ち帰ろうとして、それがヨルダンのアンマン空港で爆発して犠牲者が出た事はつい先日のことである。戦場に何らかの目的をもって、行く者であれば最低限の兵器の知識が必要なのかもしれない。

二〇〇三年（平成十五年）　五月二十二日（木）

半日の仕事を終えて、地下鉄有楽町線と半蔵門線を乗り継いで、江東区三好四丁目にある東京都現代美術館へ行った。彫刻の『船越桂展』と抽象画の『サム・フランシス展』を鑑賞した。『船越桂展』は平日にも拘らず、多数の女性が鑑賞していた。『船越桂展』で印象に残った作品は一九七九年〜一九八〇年制作 の「妻の肖像」と二〇〇三年制作の「夜は夜に」であった。「妻の肖像」は入り口にあって最初に目にする作品で、「夜は夜に」は出口で最後に目にする作品で あった。作品を鑑賞しながら舟越桂氏（一九五一年・盛岡市生まれ）のご尊父舟越保武氏（一九一二〜二〇〇二・岩手県生まれ）から生前、詩集を贈ったお礼にエッセイ集を頂いた記憶が蘇った。

以前より気になっていたサム・フランシス氏（一九二三〜一九九四・カリフォルニア州生まれ）の作品をこれだけ鑑賞したのは初めてであった。出口近くにあった作品三点が特に印象に残った。

美術館で七年ぶりに画家の池田龍雄氏（一九二八年生まれ）と出会った。美術館を一緒に出て地下鉄出入り口近くの喫茶店で四〇分ほどお話しをした。小説家の島尾敏雄さんのこと、写真家の東松照明さんのこと、画家の日影眩さんのこと、池田さんの故郷である佐賀県伊万里市のこと、特攻隊の訓練のことなどが話題になった。池田氏は元特攻隊員であった。氏の作品は多くの公立美術館に所蔵されている。東京都現代美術館でも数点が所蔵されている。


二〇〇三年（平成十五年）　　　　五月二十三日（金）

Discovery Channel の一時間番組『関西国際空港』を見る。関西国際空港が計画の段階から・埋め立て・建物の建設・開港後の問題・阪神淡路大地震のことなどがいろんな角度から映像を伴いながら、建築家、工事関係者、空港関係者、建築評論家などの発言をもとに分析されていた。まだ一度も関西空港を利用したことがないが、番組を見て興味が湧き、空港を観て見たいと思った。設計者はイタリア人の建築家レンゾ・ピアノ氏（一九三七年・イタリアのジェノヴァ生まれ）と日本人 建築家・岡部憲明氏である。パリのポンピドー・センター（R・ロジャース氏と共同設計）、メニル・コレクション美術館（ヒューストン、一九八六年）もピアノ氏の設計による。工事中のポンピドー・センターを見物したのは三〇年も前になる。月日が経つのは早い。

二〇〇三年（平成十五年）　五月二十四日（土）

午前中の仕事を終えて、午後三時からあったアートスペース・あしび舎の企画「詩の声と歌とピアノ」を聞きに行った。最寄りの駅は東武東上線新河岸駅 である。駅からあしび舎までは徒歩で行った。早く着いたので近くにあったレストランで少し遅い昼食を摂った。詩人の朗読が主だった。参加した詩人は国峰照子氏、鈴木東海子氏、中本道代氏、新井豊美氏、江代充氏、吉田文憲氏であった。国峰氏の娘さんである角田響子さんのピアノ演奏が会を華やかなものにしてい た。会が終わってから中庭でティー・パーティーが開かれた。知人の黒田千代さんも来ていた。

二〇〇三年（平成十五年）　五月二十五日（日）

同人誌「旋律」に投稿する詩「充満一三」を完成させ、長崎のエディット印刷に電子メールで送った。

午前八時頃に家を出てアンドレイ・タルコフスキー傑作選を上映している池袋東口にある新文芸座へ出かけた。一本目は午前九時二〇分から上映が始まった一九八三年制作の『ノスタルジア』(一二六分・カラー・日本公開は一九八四年)だった。二本目は午前一一時四〇分から始まった一九七二年制作の『惑星ソラリス』(一六六分・カラー)であった。日本公開は一九七七年。『ノスタルジア』の主な出演者はロシア人俳優のオレーグ・ヤンコフスキー、スエーデン人俳優のエルランド・ヨゼフソン。彼はイングマール・ベルイマン監督作品の『ある結婚の風景』で夫役を演じてもいる。『惑星ソラリス』の原作者はユダヤ系ポーランド人のSF作家スタニスラフ・レムで、主な出演者はナタリヤ・ボンダルチュク、ドナータス・バニオニス。原作者のレムは出来上がった映画を見て、失望したそうである。原題は『Solaris』。二本とも何度か睡魔に襲われて、眠った時間があった。タルコフスキーの映画ではいつもそうなってしまう。

午後四時頃に帰宅して、ピアノを練習する。浦和までピアノと声楽のレッスンを受けに行く。

二〇〇三年（平成十五年）　五月二七日（火）

仕事場では昨日の夕方の地震が話題になった。少し食料と水を買い置きしようと思う。夕方にアパートの周りを飛んでいるコウモリ一匹を確認する。今年初めて見た。蝙蝠の種類は確認できない。コウモリはネズミ類に次いで種類が多い哺乳動物である。日本にはアブラコウモリやキクガシラコウモリ等が生息している。

職場でいただいた切花が、小さな花は散ってしまったが幹と葉はいつまでも枯れずにいて、しまいには切った幹のところから根を出し始めた。か細い植物だったが驚きをもって観察を始めた。一ヶ月ほど前に根が出た切花を、水の入った花瓶から土のある器に入れ替えた。その後すくすく成長して、二〜三日前から蕾をつけ始めた。初めて見た植物の名前はいただいた人から「ハゼ蘭」と教えてもらったが、調べてみると学名は Talinum crassifolium といい、別名は英語名からきたコーラル・フラワー（由来は花と枝がさんご礁に似ているところから）と午後三時頃に花を咲かせることからサンジカ（三時花）という二つがあることがわかった。南アメリカ原産の帰化植物である。和名のハゼ蘭のハゼとは小花がはぜるように付くことからきている。

二〇〇三年（平成十五年）　五月二九日（木）

午前中の仕事を終えて池袋東口にある新文芸座へ、二本立ての映画を行く。二本ともアンドレイ・タルコフスキー監督の作品である。池袋地下街にある コンビニでお茶とおにぎりを買い、長時間の上映に備えた。午後三時から始まった一本目は一九七九年制作の『ストーカー』（一六三分・カラー）だった。日本 公開は一九八一年。原作はストルガツキー兄弟。主な出演者はアレクサンドル・カイダノフスキー、アリーサ・フレインドリフ。

二本目は午後六時から上映が始 まった『鏡』（一一〇分・カラー）。『鏡』は一九七五年の制作で、日本公開は一九八〇年。主な出演者はマルガリータ・テレホワ、オレーグ・ヤンコフスキー。オレーグ・ヤンコフスキーは同じタルコフスキー監督の作品『ノスタルジア』にも出演している。『ストーカー』を見始めてから三〇分ほどして、いつものように眠ってしまった。どうしてタルコフスキーの映画を観ると途中で一度は睡魔に襲われるのだろうか。大型スクリーンで観るのは二回目だが、前回も寝ているので初めて観るシーンがあったり、こういう内容だったのかと再認識したりした。映画でこういう経験をしたことはない。

『カミングズ詩集』（藤富保男訳編・思潮社刊・海外詩文庫8）を読了。訳詩は坂本遼訳が一篇、伊藤整訳が三篇、鍵谷幸信訳が四篇、ヤリタミサコ訳が三篇、谷川昇訳が二二篇、藤富保男訳が八五篇と同氏訳の童話二編が収められていた。他に「新芸術論」・「詩集

1923～1954の序文」・「いかがなものか」・「六つの非講和（抄）」、ギャリー・レイン氏の詩人論「わたしが存在する」が訳されていた。
「生きているってことの最大の利点は
ハートが感じ　魂が触れるものを
コトバが証明も論駁もできないことじゃなくて
愛し合っていること
（恋人よ）
ぼくたちが愛し合っているってことなんだ」（詩「死んでいない代わりに」より）

二〇〇三年（平成十五年）　五月三一日（土）

勤務を終え、昼食を勤務先近くのレストランで摂り、僕にとっての映画大学である池袋にある新文芸座へ行く。今日観るのはアンドレイ・タルコフスキー監督作品である。一本目は午後三時から始まった一九六二年制作の『僕の村は戦場だった』（九四分・白黒）。日本公開は一九六三年。

二本目は一九六七年制作の『アンドレイ・ルブリョフ』（一八二分・カラー）。日本公開は一九七四年。今日も一本目の『僕の村は戦場だった』で睡魔が襲ってきた。一部分寝てしまって映画を完全に観ることはできなかった。『僕の村は戦場だった』はタルコフスキー初の長編映画で、ベネチア国際映画祭グランプリ とサンフランシスコ国際映画祭監督賞を受賞している。原作の題は『イワン』で作者はウラジーミル・ボゴモーロフ、映画の脚本も担当している。主な出演者は 主役の少年イワン役にニコライ・ブルリャーエフ、イワンの母親役にイリーナ・タルコフスカヤ、ホーリン役にワレンチン・ズブコフ、ガリツェフ役にエフゲー ニー・ジャリコフ、女医のマーシャ役にワレンチーナ・マリャービナである。少年役のブルリャーエフは『アンドレイ・ルブリョフ』でも鐘作り職人ボリースカ役で好演している、もう少年ではなかったが。今日で今回のタルコフスキー傑作選は全部観たことになる。

二〇〇三年（平成十五年）

六月一日（日）

午後三時半からＴＢＳの番組『痛快　江戸テクノ』を見る。江戸末期の佐賀藩が組織した「精煉方」の業績を主に取り上げて、鎖国していた江戸時代の科 学技術を紹介していた。佐賀藩第十代藩主鍋島直正は近代兵器（大型大砲・蒸気船・電信機など）の国産を目指して「精煉方」を組織させた。知的集団のメン バーは蘭学者の佐野常民、からくり人形師の田中儀右衛門などだった。夜八時からＮＨＫ教育番組の『新日曜美術館』を観る。今日の特集は版画家の棟方志功であったがゲストで同郷の長部日出男氏のコメントは聞き応えがあった。

引き続いて午後九時からN響アワーを視聴する。ポーランドの作曲家クシシトフ・ペンデレツキ氏の指揮によるベートーベンの交響曲第七番を聞く。ペンデレツ キ氏には三〇年ほど前に上野のホールであったコンサートの後に、楽屋を訪ねてサインを貰ったことがあった。その時そばに武満徹氏がいたのを鮮明に覚えている。

午後十時半から午前零時まで同チャンネルで女流ピアニスト、エレーヌ・グリモーのリサイタルを鑑賞する。ラフマニノフがよかった。新聞を整理していたら、ノーベル化学賞受賞者イリヤ・プリゴジンの死亡記事を見つけた。「散逸構造」を体系化した人である。実験に蟻の集団を使っていた映像を見たことがあった。

二〇〇三年（平成十五年）　　六月二日（月）

水無月科子詩集『四拍子の朝に』（花神社刊）を読了。詩集は三部に分かれていて、二五篇の詩が収められている。印象に残った詩は「留守」と「夜の台所」そして「台所ナイトスペース」だった。女性の視点から日常性が昇華されて、抑制された悲しみと喜びが表現されていた。

二〇〇三年（平成十五年）　六月三日（火）

職場の玄関に巣を構えているツバメは、孵化した雛に盛んに餌を運んでいる。昼休みに観察していると、三羽の雛は小さいながらも大きく口を開けて、親鳥から口移しに餌を貰っている。見ているだけで心が和む。元気に育って欲しい。都市鳥類研究会が行った東京駅三キロ四方のツバメの営巣調査では、一九八五年 が四四箇所、二〇〇〇年が一八箇所と減少傾向にある。そのうちに東京など大都市ではツバメが見られなくなるのではないかと心配になってくる。ツバメは毎年 同じ巣に戻ってきて子育てをする。都市の再開発などで巣が壊されている。また巣の原料となる泥土も見つけられなくなっている。さらに悪いことに建物の外壁 が滑りやすい物に変わっていて、巣が出来にくくなっているのだ。都市のツバメの天敵はカラスである。ツバメが人のいるところに巣を作るのもカラス対策である。今の流行の巣は裏通りで管理人が居る、ビル一階駐車場の蛍光灯もある天井であるらしい。

二〇〇三年（平成十五年）　六月五日（木）

Discovery Channelの番組『第二次世界大戦―英国の場合』（午後十時～十一時）を見る。一九三九年九月六日にチェンバレン首相はドイツ・イタリア・日本に宣 戦布告する。初期の戦いにおいてイギリスは苦戦を強いられていて、その映像が一般市民の日記や手紙とともに写しだされていた。九ヶ月に及ぶドイツ軍の空襲 によってロンドン市民をはじめ約四万人のイギリス人が犠牲になっていることをはじめて知った。ナチスドイツ軍がソヴィエトへの戦線拡大によってイギリスは ひと息つくことができた。

二〇〇三年（平成十五年）　六月六日（金）

星川吉光著『ひざの痛み』（高橋書店刊・一九〇頁・一二〇〇円）を読了。膝のレントゲン写真や図があり、解説も丁寧で膝関節のことが今まで以上に理解ができた。しかし治療となると難しいこともわかってきた。画家の池田龍雄氏より約束の本が送られてきた。書名は『蜻蛉の夢―記憶・回想そして絵画』（海鳥社刊・二二〇頁・二〇〇〇年一月十日第一刷発行・二千円）である。

二〇〇三年（平成十五年）六月七日（土）

午前中の仕事を終えて池袋にある新文芸座へ行き、山田洋次監督作品の『たそがれ清兵衛』を観た。午後一時五十分からの上映であったが、館内はほぼ満席であった。見終わってからの感想は久しぶりによく考えられた、隙のない緊張感のある日本映画を味わうことが出来たというものだった。この映画は『男はつらいよ』や『学校』などを手がけてきた山田洋次監督の初の時代劇作品であった。観ていて黒澤明監督の『七人の侍』を意識しているように感じられた。山田洋次監督は『七人の侍』を意識していたに違いない。そしてそれを越える作品を作りたかったと思う。その意識は『たそがれ清兵衛』を作るエネルギーの一つに なったのではないだろうか。そう思えてならない。原作は藤沢周平の三篇の短編小説を元にしている。キャストは井口清兵衛役に真田広之、飯沼朋江役に宮沢りえ、余吾善右衛門役に舞踏家の田中泯、他に丹波哲郎、小林念侍、大杉漣、ナレーターの岸恵子、子役に伊藤未希と橋口恵莉奈など。アイドルタレントだった宮沢りえの演技が向上していた。真田広之の演技は素晴らしく、田中泯には存在感があった。

二〇〇三年（平成十五年）六月八日（日）

大村のT・Kさんより電話が入り、詩人の山田かんさんが亡くなられたと知らせてきた。氏が一人で発行していた詩誌『草土』に何回か詩を載せていただいた。氏の勤め先に何度かお邪魔してお話しをしたことがあった。また土曜美術社の『詩と思想』に私の作品「海」を紹介文とともに載せていただいたこともあった。言わば私にとって詩の恩人の一人である。心から氏のご冥福をお祈りしたい。

History Channel の番組『芸術の街モンパルナス—戦時下の芸術家 1914 ~ 1918』を観る。ジャン・コクトーへインタビューする映像があったりして興味深かった。詩人アポリネールのはたした役割が、モンパルナスの芸術家たちにとって重要であることがわかった。その当時、パリ、モンパルナスのラ・クーポール やル・ドームといったカフェにはフランス人の芸術家のみならず、各国からやってきた芸術家が昼夜を問わず芸術・政治・歴史など分野を問わず議論していた。「エコール・ド・パリ」の画家と呼ばれたのはロシアから来たシャガール、ポーランドのキスリング、イタリアのモディリアニ、日本から藤田嗣治、佐伯祐三たちがいた。文学者にヘミングウェイ、写真家のマン・レイ、音楽家ではストラヴィンスキー、サティ、詩人ではアポリネール、ジャン・コクトーといった錚々たる芸術家たちが集まっていた。

六月九日（月）　二〇〇三年（平成十五年）

ＮＨＫで放送された海外ドキュメンタリー番組『日曜日の殺人事件』を見る。フランス人による制作で、内容はアメリカのフロリダで起きた年配の白人女性殺人事件に対する裁判の一部始終であった。十五歳の黒人少年が無実であるにもかかわらず不当に逮捕され、犯人であることを無理やり供述調書に書かれ、それにサインを強要させられた。黒人少年は取り調べ中に暴行を受けていた。熱血漢の弁護士二人が緻密な調査に基づいて、少年の無実を明らかにしていく。調査の過程で警察官の暴力と脅しによる捜査が浮かび上がってくる。一般市民から選ばれた陪審員は少年に無罪を評決する。最後に真犯人が見つかり、犯人の裁判が始まったところでフィルムは終わる。質の高いドキュメンタリーであった。副次的にアメリカの陪審員制度が理解できた。

二〇〇三年（平成十五年）　六月十日（火）

History Channel の自伝シリーズでアメリカの劇作家『ニール・サイモン』を観る。ニール・サイモンは最初の妻をガンで亡くしている。二番目の妻は女優であった。三番目の妻は高級ブティックの店員だった。高級ブティックで店員に一目惚れしたニール・サイモンは彼女に手を見せて欲しいと言ったそうだ。彼女が「えっ、どうしてですか？」と聞くと、サイモンは「君が既婚者かどうか知りたかったんだよ」と答えたそうだ。それからサイモンは彼女と付き合うようになり、彼女は彼の三番目の妻になったそうだ。しかし二人はその後離婚してしまうが、再度結婚をして今にいたっているそうだ。ニール・サイモンは主にコメディー作品を書き、ピュリツアー賞を受賞している。旺盛な創作活動をしているが、原稿書きはパソコンを使わず、ボールペンと方眼紙のようなレポート用紙を使っていた。作品には『グッバイ・ガール』、『裸足で散歩』などがある。ニューヨークのブロードウェイには彼の名前をつけたニール・サイモン劇場があり、彼の作品が上演されている。

二〇〇三年（平成十五年）　六月一一日（水）

サッカーの国際Aマッチ試合、日本対パラグアイの試合を観る。結果は0対0の引き分けであった。残念。島原、国見高校出身の大久保の今後の活躍を期待したい。

二〇〇三年（平成十五年）　六月一二日（木）

History Channel の番組『ポンペイ—生き埋めにされた都市』（午後九時〜一〇時）を観る。ベスビオ火山噴火による自然災害を内容としたものであった。西暦 九七年に噴火したベスビオ火山は一週間も火山灰が降り続き、麓にある都市ポンペイは二〇メートルの火山灰で埋もれた。火山灰で埋もれた古代ローマ時代の都市ポンペイの発掘は一八六〇年代から始まり、現在も続いている。発掘の成果として、ローマ時代のポンペイ市民の生活がわかってきた。ポンペイでは多くの奴隷が働いていた。ローマ時代は奴隷制度で日常生活が支えられていた。ローマ軍が侵略して勝利を収めた街の市民は奴隷になるか、死を選ぶかのどちらかであった。奴隷となった人間は家畜のように売買の対象となった。ポンペイ遺跡の中に噴火で亡くなった少女の遺体が化石化していたが、大学の研究者が綿密に調べた結果、その少女は奴隷の身分だったそうだ。アメリカ人研究者の「古代ローマ人の生と死は理解しがたい」というコメントが印象に残った。一六三一年の噴火では一万八千人の犠牲者がでた。第二次世界大戦中の一九四四年にも大噴火を起こしている。

二〇〇三平年（平成十五年）　六月一三日（金）

一九九五年二月号の『現代詩手帳―特集W・C・ウィリアムズとパターソン』を読了。ウィリアムズ・カーロス・ウィリアムズはエズラ・パウンド、T・S・エリオットに比肩するアメリカ現代詩人である。『パターソン』はモダニスト詩人ウィリアムズの代表作品である。本書の一一八ページにある原成吉氏の文章の中で紹介されていたウィリアムズのエッセイ「アメリカ的背景」の言葉に、大いによい刺激を受けた。「文化はものではない、行為なのだ。もし、じっと動かなければ、それは死んでいることになる。文化とは、ある場所に生きている生命との関係から土地の特性を認識することである。それには、その土地の土壌、植物、その地域内の知識レベルはもとより、その土地の気候、地形的特徴、相対的な大きさ、歴史、そして異文化、といったすべての要素が含まれる。これらの要素を引き上げる行為・・・それが文化だ。」これらの言葉はこれからの僕の活動のキーワードとなる。言い換えればマニフェストだ。原成吉氏はこの定義が ゲーリー・スナイダーのいう「バイオリージョナリズム」を思い起こさせるとも述べている。大変興味深い。

CS放送ムービー・チャンネルで午後九時からアメリカ映画、ジョン・ランディス監督作品『The Blues Brothers』（一九八〇年制作）を観る。脚本はダン・エイクロイドとジョン・ランディス、撮影はスティーブン・カッツ、音楽はアイラ・ニューボーン とエルマー・バーンスタイン。出演者はジョン・ベルーシ、ダン・エイクロイド、キャリーフィッシャー、レイ・チャールズその他。ブルース・ブラザーズは全 米人気テレビ「サタデー・ナイト・ライブ」の人気者。引き続いて午後十一時半から一九九七年制作のフランス映画『ドーベルマン』を観る。監督はヤン・クーネン、出演者はヴァンサン・カッセル、モニカ・ベルッチ他。気持ち悪くなるほどの拳銃によるヴァイオレンス。どんな想像力を持って見たら心穏やかになるのか。

二〇〇三年（平成十五年）

六月十五日（日）

午前九時から午前一〇時まで National Geographic の番組『世界を動かす蟻』を観る。番組でシロアリがゴキブリの子孫であることを初めて知った。蟻の歩く速さは時速二・四kmだそうだ。南米に生息するハキリアリの塚は小山ほどになっていて、そこに住むハキリアリ全体の食事の量は牛一頭分の食事量にあたるそうだ。アリは体重の二倍の重さの物を持ち上げることが出来る。一匹の女王アリを核として共同体を形成するアリの集団は、仲間のアリと効率的なコミュニケーションをしている。餌がどこにあるのか、そこへ行くためにはどう行けばいいのか、敵対する他のアリの集団と戦闘して助けがいるなどの情報交換を身内のアリ同士は行っている。番組では南米のアリが絨毯を敷き詰めたように集団でジャングルに生きる昆虫やトカゲなどの小動物を食い尽くしていく映像が映し出されていた。解説者はアリと人間の違いを述べていた。アリは集団の利益のみのために働き、人間は個人の幸せのために働く。故に人間は個人と社会の要求の矛盾で苦しむと。

ひき続いて午前十一時から正午まで同じ National Geographic の番組『ソーン・ツリー』を観る。撮影場所はアフリカのサバンナ地帯である。内容はソーン・ツリーという名の棘のある高木に焦点を当てて、その木と共生している生き物たちを紹介している番組だった。

ゾウとキリンは棘があるにもかかわらず、アンブレラ・ソーン・ツリーの葉を好んで食べていた。栄養が豊富なのである。ライオンの母親は子供二匹を棘のあるソーン・ツリーの藪の中に隠して狩に出かけていた。ソーン・ツリーはサバンナになくては ならない植物なのである。番組の中でディクディクという鹿の仲間の小さい動物を始めてみた。

二〇〇三年（平成十五年）

六月一六日（月）

八月九日に長崎市で開催する『第九回長崎原爆平和祈念詩の夕べ』の案内状を作り始める。詩人、歌人、俳人をはじめ新聞、放送、出版などのメディアに携わる人たちにも郵送する。去年まで長崎市万屋町にあるギャラリー・ぐみの舎でやっていたが、今年の会場は新築された国立長崎原爆死没者追悼祈念館の地下エントランスホールに決定した。どういう会場なのか未見である。約百人は入ると聞いている。午後六時から午後九時までの予定で、内容は一部と二部に分けて行う予定である。二部の内容は『追悼　吉原幸子の詩と思い出』で参加者は大村市在住のＴ・Ｋ氏、吉原氏のご子息Ｙ・Ｊ氏である。

二〇〇三年（平成十五年）　六月一七日（火）

十二チャンネルの番組『ガイアの風—風力発電』を観る。風力発電の日本における現状を特集したもので、風力発電の製造では国内トップの三菱重工業長崎造船所が紹介されていた。風力発電の製作過程と受注を受けた愛媛県に設置する工事が映し出されていた。その後に会社を辞めて風力発電の会社を起こした青森県の男性が紹介されていた。風力発電でおこした電気を電力会社に売る仕事なのだが、風が吹かない日もあり苦労している姿があった。資金集めにも奔走していた。自然エネルギーによる発電量をもっと増やす努力が必要だろう。

二〇〇三年（平成十五年）　六月一八日（水）

仕事を終えて帰宅すると、堺市の犬塚昭夫氏より詩誌「異郷」七月号がポストに入っていた。一貫して日常生活の中から戦争と平和の問題を追及している詩誌である。

二〇〇三年（平成十五年）　六月二十日（金）

現代詩手帳「特集エズラ・パウンド」（一九九八年九月号）を読む。その中で詩人の高橋睦郎氏の文章が目に留まった。「詩人とは一般に考えられているように詩を書く人ではない。詩なるものを求め続ける人のことだ。求め続けたあげくついに手にすることができないと認識して、何も書かず、何もせず、冬眠し、瞑想する、それも究極の詩なるものの求め方だろう。」考えさせられる文章である。夜にＴＢＳの番組『世界遺産／イスタンブール』を観る。映像が美しい。旅情を誘う番組である。トルコのイスタンブールは東洋と西洋の境目、一番行ってみたい都市である。

二〇〇三年（平成十五年）　六月二八日（土）

友人の依頼で午前中の仕事を終えて、愛車で東京都練馬区から長野県鬼無里（きなさ）村へ荷物を運んだ。出発は午後四時頃だった。軽油を満タンにして関越自動車道と上信越自動車道を使った。長野ＪＣで降りて長野市を経由して善光寺の脇を曲がり、国道四五六号線（白馬・鬼無里線）に入り、鬼無里村へ向かった。善光寺から鬼無里村までは山の襞を縫うような道路で、道幅も狭く曲がりくねっていて、日も暮れていたので緊張を強いられる運転だった。しかし全体を通しては久しぶりの高速道路の運転だったので、気分は爽快だった。高速道路では平均速度一〇〇キロぐらいで走った。鬼無里村は自然に溢れ、名前からして物語の宝庫であるように察せられた。興味を持って、一泊した。

二〇〇三年（平成十五年）　七月一日（火）

仕事帰りに池袋駅西口にある映画館「シネ・リーブル池袋」へ行き、本年度アカデミー賞受賞作品『シカゴ』を鑑賞した。歌と踊りは出演者たち自身によるもので、よくトレーニングを積んでいると感心した。陰に大変な努力があったことだろう。月初めであったので、入場料は千円であった。上映は午後七時五分からだったので一時間ほど余裕があったので、同じ階にあったタイ料理店で夕食をとった。生春巻きがおいしかった。

二〇〇三年（平成十五年）　七月三日（木）

夕食に大好きなポテトサラダを作る。午後八時から午後九時までヒストリー・チャンネルの番組『ロスト・ジェネレイション』を観る。一九二〇年代にパリで生活したアメリカ人芸術家達の話である。登場するのはアーネスト・ヘミングウェイ、F・スコット・フィッツジェラルド、ガートルード・スタイン、エズラ・パウンド、アーチボルド・マクリーシュ、ジョン・ドス・パソス、マルコム・カウリー、たちとその妻や恋人達であった。彼らはパリ左岸に住み、パーティーを開き、カフェで語り合い、憎しみあい、愛しあうのだった。ヘミングウェイはパリで作家としての地位を築き上げていく。一方、フィッツジェラルドは酒浸りとなり創作活動が停滞するが、代表作『偉大なるギャッツビー』を書き上げる。フィッツジェラルドの妻ジェルダは夫が有名であることに嫉妬心をもち、夫の創作活動を邪魔していたという研究者の話があった。ヘミングウェイはフィッツジェラルドに手紙を送り、小説を書き続けるように励ましている。世界恐慌が起こりアメリカの芸術家たちはガートルード・スタインを除きアメリカ本国に帰還していく。

二〇〇三年（平成十五年）　七月六日（日）

午前九時半頃に起床する。洗面を済ませ、コーヒーメーカーでコーヒーを煎れる。朝食はトースト二枚、スクランブルエッグ、蜂蜜を入れたコーヒー。テレビ朝日の番組『サンデーモーニング』で大阪府の太田房江知事の話を聞く。午前十一時からピアノの練習する。

午後三時から午後四時半までＮＨＫ教育テレビの番組『アウシュヴィッツ証言者はなぜ自殺したか』（第四十回ギャラクシー賞テレビ部門大賞受賞作品）を観る。在日韓国人の徐京植氏が一九八八年に自分のアパートで投身自殺したユダヤ系イタリア人記録作家、プリモ・レーヴィ氏の足跡をイタリアのトリノ市とポーランドのアウシュヴィッツに旅して、氏の人生と自殺に至った理由をレポートしたドキュメンタリ番組であった。徐氏がプリモ・レーヴィ氏に感心を寄せたのは、徐氏の二人の兄がスパイ容疑で韓国軍事政権により二十年間の牢獄生活をしていたからだった。プリモ・レーヴィ氏の著作活動はユダヤ人から非難されていたという。また当時のイスラエルはレバノンへ侵攻し、多数の民間人が犠牲となっていた。レーヴィ氏は同じユダヤ人としてそのことで苦悩していたという。午後八時三十分から浦和でピアノと声楽のレッスンを受けて、午後十一時頃に帰宅。

二〇〇三年（平成十五年）　七月七日（月）

午後八時からNHKの番組『地球・ふしぎ大自然―日高山脈のナキウサギ』を観る。三〇〇〇万年前の氷河時代を生き抜いてきたナキウサギは希少で貴重な小動物である。番組の中で出てきた動物は他にキタキツネ・ホシガラス・ヒグマ・エゾシカがいた。世界には一七種のナキウサギがいて、その内キタナキウサギはシベリア・中国・サハリンなどに分布している。今回取り上げられたものはキタナキウサギの亜種のエゾナキウサギという種類で、北海道の山地から高山の乾燥した岩場に生息している。エゾナキウサギの食べ物はコケ類や高山植物である。北米大陸の高山地帯にもナキウサギがいるそうである。

七月九日（水）

二〇〇三年（平成十五年）

午後七時三十分から午後八時までＮＨＫの番組『クローズアップ現代―祖国への帰還・亡命イラク人』を観る。日本では経験することの出来ない経験をクルド人はしている。イラン・イラク戦争が始まりイランと同じシーア派に属するバグダッドに居住するクルド人は、フセイン政権下でイランに追放された。今回のフセイン政権の崩壊でクルド人はイランからイラクのバグダッドへ帰還した。帰還しても元の家には関係ない見知らぬ人たちが居住していて、住む家もままならない状況である。裁判所に訴えるが、権利を回復する法律がないということで門前払いされる。混乱するバグダッドでは権利の回復は当分望むべくもない。ロンドンに亡命しているイラク人の男性はバグダッドへ一時帰国するが、一族一八人はフセイン政権下で二〇年前に集団処刑されていた。墓守の年老いた男の証言でわかった。これからフセインがやった数々の悪事が暴露されてくるのではないかとテレビを見ながら思った。現代史の一断面である。目を離してはいけない。イラク人のことは日本人のことである。

二〇〇三年（平成十五年）

七月一〇日（木）

現代詩手帳（一九九八年九月号）の『特集エズラ・パウンド』を読了。エズラ・パウンドの偉大さが少しずつ分かり始める。特集の中にあったホルへ・ルイス・ボルヘスの言葉が印象に残った。「ウォルター・ペイターははっきり言いました、すべての芸術は音楽の条件を満たす、と。音楽では内容が形式に一体化しています。われわれのように、多少とも喜びを持ってポエジーの練磨に身を捧げてきた者にとっては自明のことですけど、韻文の本質とはその音調にあるのであって、抽象的な意味にあるのではないのです。」（野村喜和夫訳）

現代詩手帳特集版『吉原幸子』（思潮社刊・二〇〇三年三月一五日発行・二〇八頁・一六〇〇円）を読み始める。日本映画専門チャンネルで溝口健二監督作品『西鶴一代女』を鑑賞する。一九五二年制作のモノクロで一三八分の作品。出演は主役のお春役で田中絹代、他に三船敏郎、菅井一郎、松浦築枝など。感動すべき作品で、お春の悲しみが伝わってくる。御殿女中から夜鷹になるまでの流転するお春の過酷な生が、映画作品として溝口健二のよく練られた演出とカメラアングルで、また田中絹代の見事な演技もあって不朽の名作になっている。後の世に残したい日本映画の一本である。溝口健二監督の作品は全部観たいと、この作品を観て思った。

二〇〇三年（平成十五年）　七月一一日（金）

ニューヨーク・マンハッタン在住のYukoさんへ国際電話をかける。八月九日の「詩の夕べ」に、ご主人のSteveさんとYukoさんの詩とメッセージをテープで送って欲しいという依頼をした。他にイラクの事、長崎市で起きた少年の事件の事などを話した。

二〇〇三年（平成十五年）　七月一二日（土）

午後四時から午後五時までナショナル・ジオグラフィックの番組『最年少単独無寄港世界一周航海』を観る。少年の名前はJesse Martin（ジェス・マーティン）。メルボルン在住のオーストラリア人である。航海を完了した年月日は一九九九年一〇月三一日。ジェス・マーティン少年はヨットにライオンハートという名前をつけて一人、荒海に向けて世界一周の航海に出た。若干一七歳の少年である。この番組は少年自身が撮影したビデオをもとに作られたドキュメンタリーであった。数々の嵐に遭遇して悪戦苦闘する映像が生々しく迫力を持って僕の眼に飛び込んできた。ホーン岬の嵐は到底自分だったら耐えられないと実感できるものだった。少年の両親が高額な旅行費用を工面してアゾレス諸島を航海する息子の少年に会いに行く映像があって、四〇分ほど船とヨット間で会話が交わされるが、時間切れとなり家族の乗った船と少年のヨットは離れていった。母親は最愛の息子が一人大海に出て行く姿を見て大粒の涙を何度も手で拭っていた。自分も涙が出て仕方がなかった。ＮＨＫ教育番組『「宇宙」地球はどうして生まれた?』を午後八時から午後八時四五分まで観た。惑星どうしの引力で軌道が変わり、ある惑星は太陽系のような体制から外れていく。地球のような生物が存在する惑星が在るためには、数々の奇跡的な条件が重なって誕生したということを番組では説明していた。解説は毛利衛氏で聞き役は中山エミリ氏だった。アメリカ・ワシントン在住でカーネギー研究所研究員のある博士は、木星と土星がなければ地球には今以上に隕石が衝突していて、人類が誕生するほどの生物進化はなかっただろうと述べていた。宇宙の果てから太陽系にやってくる隕石や彗星は、木星と土星の引力により軌道が変わったり衝突したりして、地球に衝突することを防いでいるそうである。それがなければ六万年に一回の割合で地球に衝突していて生物に甚大な被害を与え、今のような進化は成立していなかったと研究員の博士は述べていた。番組ではそのことをコンピューターグラフィックでシュミレーション化して見せていた。実際に彗星が一九九一年に木星へ大衝突している電波望遠鏡で捉えた映像もあった。この番組はシリーズもので、今日のは二回目のものであった。シネフィル・イマジカの番組で、午後九時から午後一〇時までスペインのドキュメンタリー作品『フラメンコ』を鑑賞した。監督はスペイン映画界の重鎮であるカルロス・アウラ。出演者はギタリストのパコ・デ・ルシア、フラメンコダンサーのホアキン・コルテスその他。サウラ監督は華美な装飾や意図的な演出を一切せず、フラメンコの迫力と魅力を素で直接的に撮影していた。

二〇〇三年（平成十五年）

七月一三日（日）

日本映画専門チャンネルで黒澤明監督の作品『七人の侍』を鑑賞する。何度観てもよく出来た作品であることを認識させられる。出演は志村喬、三船敏郎、千秋実、加藤大介、木村功、宮口精二、稲葉義男、藤原釜足ほかで脚本は黒澤明、橋本忍、小国英雄、音楽は早坂文雄、撮影は中井朝一である。一九五四年の制作でモノクロ、上映時間は二〇六分。一九五四年にベネチア映画祭銀獅子賞を受賞している。『七人の侍』は世界の映画人に影響を与えた作品で、サム・ペキンパーは『七人の侍』の斬新な手法を自身の著書で解説している。またアメリカでは『荒野の七人』と題して『七人の侍』を摸倣した作品が作られた。その作品にはユル・ブリンナーが出ていた。午後七時四〇分にピアノと声楽のレッスンを受けに、愛車で浦和へ行く。国道一六号と一七号を使ったが、雨だったので慎重に運転をした。こんな天気で暗い夜に事故はしたくないなと思いながら運転をしていた。ピアノはハノンの難しいところで、上手に弾くことが出来なかった。◎はもらえなかった。七月二一日に浦和の福祉会館で発表会が予定されていて、サンタ・ルチアとエーデルワイスの二曲を歌うことに決まった。イの発声がうまく出来ない。

二〇〇三年（平成十五年）　七月一五日（火）

仕事を終えてから池袋に出て、Y・J氏と会食をする。午後六時半に西武線の改札口で待ち合わせをした。初顔あわせだった。Y・J氏には八月九日の長崎市で開く『詩の夕べ』に参加してもらうことになっている。食事をした場所は東武デパート・コスモポリタンのレストラン街にある、スペイン料理店「アマポーラ」だった。ビールと前菜とパエリヤを注文した。途中から外国人のギタリストによる生演奏があった。僕達のテーブルにも来たので、パコ・デ・ルシア風のフラメンコギター曲をお願いした。情熱的で素晴らしい演奏であった。

二〇〇三年（平成十五年）　七月二〇日（日）

今日は朝から History Channel の番組を見続けた。午前八時から午前九時まで『ソ連の極秘兵器の裏側―イルカ部隊』を観て、次に午前一一時から正午まで『ロシア戦争史―暗黒の到来』を観た。正午から午後一時まで『ヒトラーの復讐兵器』を観た。学校では教わらない分野である。

二〇〇三年（平成十五年）　　七月二〇日（日）

午前中にお風呂場の脱衣場でドアを閉めて声が外部に漏れないようにしてから、歌の練習をする。午後二時から「さいたま市民会館浦和」でピアノ・声楽の発表会があった。僕の出番は八番目で二曲歌った。最初にOscar Hammerstein作詞、Richard Rodgers作曲の「Edelweiss」を歌い、二曲目にTeodoro Cottrau作曲のナポリ民謡「Santa Lucia」を歌った。あまり良い声が出なかった。先週の疲れが声帯に悪影響を与えたと思う。土曜日のレッスンから声がスムーズに出なくなっていた。残念だった。発表会の後、会館の前にあるRoyal Pines Hotel一階にあるイタリアレストランでパスタセット（九百円）を食べた。数日間の緊張から解き放たれてホッとする。午後七時五〇分頃に愛車で帰宅する。

午後八時一五分頃からＮＨＫのテレビ番組『知られざる、哺乳類の世界』を観る。生物の多様性と厳しい自然の中で生き抜く真の姿に驚かされる。

二〇〇三年（平成十五年）　　七月二三日（水）

片岡治著『腰痛の正しい知識』（南江同刊・一一五頁・九百円）を読了する。図三二に内臓器の病気から起こる腰痛の多さにあらためてビックリする。腰痛体操が図入りで丁寧に紹介されているのが、分かりやすくためになる。薬剤療法として非ステロイド性抗炎症剤と筋弛緩剤が多数一覧表で分かるようになっているのは有難い。読書中の『現代詩手帳特集版―吉原幸子』の中に、次のような石原吉郎氏の文章があった。「詩人が詩を書くことで最終的にかくしぬこうとするものを、軽率に問うたり、不用意にあばいてはならない。それは、詩を読むということは、その詩の〈意味〉をたずねることではなく、その詩を書いた〈姿勢〉を受け 止めることだからである。なにごとかをかくしぬく姿勢で書かれた詩は、その姿勢のままで受け止めねばならない。それが詩を読むものの節制であり、礼節である。」考えさせられる言葉であり、さらに吟味する必要がある文章だと思った。

二〇〇三年（平成十五年）　七月二五日（金）

仕事を終えて、池袋駅西口近くにある自由学園へ行った。コダーイ芸術教育研究所主催の東京保育セミナー特 別公演『わらべうたを踊る―森谷紀久子』を鑑賞するためだった。会場で当日券二〇〇〇円を買い求めて入場した。講堂は満員で、二階席で鑑賞した。森谷女史の踊りは良かった。公演に先立ち、羽仁京子さんが挨拶にたったが、話にユーモアがあって面白かった。公演終了後、外に出ると大雨だった。傘を差していてもアッという間に腕や足元が濡れてしまった。メトロポリタンプラザ八階にあるイタリアレストラン「麻布ダイニングALSO」で夕食を摂る。ビールのカールスバーグとペペロンチーノとニース風サラダとシャーベットを注文した。

二〇〇三年（平成十五年）　七月二六日（土）

仕事を終えて池袋に出て、午後三時三十分からシネリーブル池袋でルキーノ・ヴィスコンテ監督作品『熊座の淡き星影』を観る。制作は一九六五年で、一〇〇分の白黒作品であった。ヴィスコンティ監督はこの映画でベネチア金獅子賞を受賞している。出演者は主役でサンドラ役を演じているクラウディア・カルディナーレ、サンドラの弟役ジャンニにジャン・ソレル、サンドラの夫役にマイケル・クレイグ、母親役にマリー・ベル、義父役にレンツォ・リッチ。映画の中でセザール・フランク作曲の「前奏曲・コラールとフーガ」が記憶を蘇えらせる役割を担っているになっている。ピアノ演奏はアウグスト・ドッターヴィだった。ギリシャ悲劇の「エレクトラ」を下敷きにして作られていて、姉弟の近親相姦がもたらす悲劇を没落していく貴族のやるせなさを絡めて描いている映画であった。

二〇〇三年（平成十五年）　七月二七日（日）

午後二時に愛車のビッグホーンを、埼群いすゞモーター（株）へ整備点検に出した。八月に長崎まで愛車で行くので、そのための点検だった。点検が終るまで整備工場の隣にあるスカイラークで『現代詩手帳—特集吉原幸子』を読書しながら待った。二時間ほどで整備点検は終了した。点検箇所はブレーキ・タイヤ・バッテリー・エンジン・ライト類・ワイパー・ブレーキパット・ベルト類だった。特に異常はなしということだった。料金は八四〇〇〇円だった。愛車の走行距離は一六万一二五五ｋｍである。

二〇〇三年（平成十五年）　七月二八日（月）

二～三日前に大村のＴさんから電話で、ニューヨーク在住のＯ・Ｙさんが八月九日の『長崎原爆平和祈念第九回詩の夕べ』に出席されるという国際電話をもらったと知らせてきた。ニューヨークから参加してくださることは有難いことである。午後八時から八時四五分までＮＨＫの番組『地球・ふしぎ大自然—アザラシ・タマちゃん生い立ちの秘密—』を観る。東京湾に去年から出没している「タマちゃん」を取り上げて、タマちゃんと同じアゴヒゲアザラシの生態を追って北極海のスピッツベルゲン島に取材したものである。映像を観て驚かされたのは流氷上で産まれた赤ちゃんが、数時間後に氷点下一度の海に入ったことだった。それから母親は何度も赤ちゃんに潜水訓練をしていた。赤ちゃんを海の中に沈めるのである。氷上に戻ろうとする赤ちゃんアザラシを母親アザラシが海に戻していたのが印象的だった。天敵の北極熊から身を守るための訓練であった。アゴヒゲアザラシもただものではないと思った。今後のタマちゃんの動向も気になるところである。

二〇〇三年（平成十五年）

七月二九日（火）

『NATIONAL GEOGRAPHIC』（二〇〇三年八月号日本版）が届く。内容は特集記事が「アリューシャン列島」、他に「アマゾン奥地」、「パリ・セーヌ川右岸」、「アタカマ砂漠」、「ジンバブエ」、「マヤの王都」である。『NATIONAL GEOGRAPHIC』日本版の創刊号より購読しているが、知的好奇心を常に刺激してくれる貴重な雑誌である。仕事場の上司よりワイン一本をいただく。ワインの銘柄は『MACON ROUGE』（二〇〇一年 Vin de Bourgogne）である。ラベルに小さく Maison fondee depuis-268 とある。日本酒にも同じほどの歴史をもった醸造所があるのだろうか。

二〇〇三年（平成十五年）　七月三十日（水）

帰宅後にＮＨＫの番組『その時歴史が動いた―スパイ・ゾルゲ』を観た。キャスターの松平定知アナウンサーがロシアのモスクワへ行き、取材したものであった。間諜ゾルゲが日本で得た情報がいかに当時のソビエトにとって重要であったかがわかった。ゾルゲからの情報がなかったならば、独裁者スターリンは独ソ戦（ロシア側の呼称は大祖国戦争）においてどういう決定を下しただろうか。独裁者スターリンはゾルゲからの「日本軍は今年中においては、北進せず南進する。」という情報を得て、ソ満国境に展開していたシベリア機甲師団を急遽、首都モスクワにシベリア鉄道を使って移動させた。独裁者ヒットラーの軍隊は首都モスクワに一〇〇ｋｍと迫っていたのだった。それまでソビエト軍は劣勢であった。戦況がシベリア機甲師団の投入でソビエト軍の反転攻勢となっていった。またノモンハン事件において日本帝国陸軍が大敗したのも、ゾルゲからの情報によって事前に日本帝国陸軍の動向を察知してソビエト軍が軍隊を集結させていたからだった。

午後十一時から『哺乳類大自然の物語―木の上のアスリート』を観る。登場した動物はモモンガ、ガラゴ、テナガザル、アカハナグマだった。

二〇〇三（平成十五年）　八月八日（金）

長崎市で主宰する長崎原爆平和祈念「詩の夕べ」の準備に追われる。

二〇〇三年（平成十五年）　八月九日（土）

国立長崎原爆死没者平和追悼祈念館で長崎原爆平和祈念「第9回詩の夕べ」を主宰する。

二〇〇三年（平成十五年）　八月十一日（月）

午前一時ごろに愛車で、長崎市より帰宅する。帰りに使用した高速道路は長崎自動車道・九州自動車道・山陽自動車道・中国自動車道・名神自動車道・中央自動車・国道一六号線出会った。支払いはクレジットカードで行なった。道中、三回ほど事故渋滞にあい時間を無駄にした。長崎市滞在中は台風一〇号の影響で一日半、雨風にたたられた。

二〇〇三年（平成十五年）　八月一三日（水）

疲れがまだ取れない。横になると直ぐに眠り込んでしまう。埼玉県川越市から長崎市往復で走行距離は三〇六一キロメートルだった。距離数が伸びたのは、長崎市内でも走っていたからだろう。身体がまだ振動しているような感覚になる。

二〇〇三年（平成十五年）　八月一四日（木）

午前中の仕事を終えてまっすぐ帰宅する。午後一時半から三時半まで一一チャンネルで放映されたアメリカ映画『グレイスランド』（一九九八年制作）を観る。監督はデビッド・ウィンクラー、出演者はハーベイ・カイテル、ジョナサン・シャーチ、ブリジッド・フォンダなど。最初はB級映画だなと思って期待して観ていなかったが、いつの間にか共感を持って映画の世界に引き込まれていった。ハーベイ・カイテルが演じるエルビスと名のるエルビス・プレスリーになりきっている男が、妻を交通事故で亡くした青年医師のトラウマを、グレイスランドへ行く旅の途上で少しずつ癒していく内容であった。

二〇〇三年（平成十五年）　八月一五日（金）

午後七時三〇分から一〇時までＮＨＫのテレビ番組『テレビ放送五〇年特集核の時代に

生きる人間の記録・ヒロシマ、ナガサキの映像は問いかける』を観る。内容はＮＨＫに蓄積された五〇〇本を超える核の番組を再構成して一挙に放送したものだった。再構成したタイトルをあげれば、「生と死の記録」・「原爆の子」・「核機密映像」・「アメリカと核」・「憎しみを超える被爆者」というものだった。原爆詩の朗読に女優の吉永小百合氏、コメンテイターに劇作家の井上ひさし氏がなっていた。非常に腹立たしかったものに被爆四〇年にあたる一九八五年に制作された『世界はヒロシマをどう伝えたか』の中でアメリカのＡＢＣ放送のメインキャスター、ピーター・ジェニングス氏の言動であった。発言の内容は「原爆の死者は日本のあしきイデオロギーの犠牲者。今日、日本人は米国人に対して、民主主義の道を開いてくれたことに感謝している。」というものであった。全く歴史を歪めてしまう無知蒙昧の歴史認識であると言わざるを得ない。原爆投下を不当に正当化する発言である。

二〇〇三年（平成十五年）　八月一六日（土）

午前中の半日の仕事を終えて、銀座へ出かける。映画館シネ・スイッチでアメリカ映画『フリーダ』を鑑賞する。上映は午後一時四〇分からだったが開始ぎりぎりに行くと既に満員で、座布団を映画館から借りて通路に座って観た。九割方が女性客で、中高年の女性が目に付いた。映画『フリーダ』はメキシコ人女性画家フリーダ・カーロ（FRIDA KAHLO）の伝記映画である。監督は女性のジュリー・テイモア（JULIE TAYMOR）．原作者はヘイデン・エレーラ（HAYDEN HERRERA）。画家のフリーダ・カーロは一九〇七年七月六日メキシコシティー郊外のコヨアカンに生まれ、一九五四年七月一三日に四七歳で死去。たくさんの自画像をはじめ、自己の体験に基づくものを絵画の主題にしている。絵画作品の題名には次のようなものがある。「アドリアーナの肖像」・「クリスティナ・カーロの肖像」・「バス」・「フレイム」・「少女の肖像」・「フリーダとディエゴ・リベラの肖像」・「ヘンリー・フォード病院」・「フリーダと流産」などがある。題名だけからも彼女の苦闘する身と心が垣間見える。

二〇〇三年（平成十五年）　八月一七日（日）

午後二時から観ようと思っていた一〇チャンネルの番組を、うっかりして最後の方しか観ることが出来なかった。番組名は『スクープ・スペシャル―世界初証言・東京原爆作戦と天皇を狙った男／検証・イラク戦争の原点は五八年前の日本にあった』である。キャスターの鳥越俊太郎氏が述べていた空白の七年とは、二〇世紀最大のタブーとされたヒロシマ・ナガサキに投下された原子爆弾に関する報道であった。原子爆弾に関する日本での報道は、アメリカの不利益にならないように検閲などで報道を出来ないようにしたのである。原子爆弾に関する記事・写真・フィルム映像等は一九五二年まで封印されたのである。そういう当時の状況の中で、同じ番組のキャスターを務めている長野智子氏が八月一六日の毎日新聞夕刊の自分のコラムで紹介した内容は注目すべきものだった。その内容とはアメリカ陸軍中尉ダニエル・マクガバン氏（九四歳）の行動は特筆すべきものである。彼は被爆後のヒロシマ・ナガサキを訪れ、その実情をカラーフィルムで撮影したのである。アメリカ国防総省はその記録フィルムを機密扱いにしたが、マクガバン氏は密かにライトパターソン空軍博物館に保管を依頼したのである。それが二〇年ぶりに世界に公開されて原爆の悲惨さ、非人道性を訴える唯一のフィルムとなったのである。

八月二〇日（水）

二〇〇三年（平成十五年）

ニュースを見る。イラクの首都バグダッドで起きた国連事務所への自爆テロに対して強い憤りを感じる。国連本部から派遣されたブラジル人の総責任者が死亡した。爆発した瞬間を映した映像が流されていた。記者会見中で多くのジャーナリストが血を流していた。イスラム過激派のテロに対しては納得が出来ない。

国内に目を移すと、殺人事件が次から次に起きている。日本は何かが崩壊してしまったのであろう。もう以前の日本ではないのだろう。この国に日本人となろうとすることを止めてしまった人々が、たくさん増えてきたのかも知れない。

二〇〇三年（平成十五年）　八月二一日（木）

午前中の仕事を終えて職場の近くにある床屋で散髪をする。一六〇〇円也。その後、松屋に入り、スパイシーカレー（二九〇円）を食べる。マイカル板橋でシュワルツネガー主演の『ターミネーター3』を観る。シュワルツネガー氏はカリフォルニア州知事になるだろう。彼は記者会見で増税はしないと公約した。彼はどんな政治をするのだろう。ブッシュ大統領は、シュワちゃんはいい知事になるよと、選挙前に不公平となる発言をしている。

帰宅すると郵便受けに北九州市のKさんからお礼状と共にハンカチが贈られてきた。一週間ほど前に未知のKさんからお電話がかかり、朝日新聞で紹介された「長崎原爆平和祈念第九回詩の夕べ」で朗読された詩のテキストが欲しいとのことだった。四日ほど前に仕事場の近くにある郵便局から速達で「第九回詩の夕べ」で朗読された詩の冊子をお送りしたのだった。Kさんは北九州でバレー団を主宰している方らしい。詩に関心を持っていただいて勇気が湧いてくる。愛車での川越～長崎往復がきつかったのか、疲れが抜けない。

やらなければならないことは山積みなのに、集中力がなく作業をこなせないでいる。

ＮＨＫテレビの番組『クローズアップ現代』を観る。キャスターの国谷裕子氏が前国連高等弁務官の緒方貞子氏にインタビューしていたのを興味深く拝聴した。

二〇〇三年（平成十五年）　八月二二日（金）

今朝、東武東上線でいつものように出勤すると、昨日常盤台駅であった人身事故によるダイヤの乱れをお詫びする内容のアナウンスが流れた。仕事を終えて帰宅後にテレビのニュースを見ると、東武東上線に飛び込み自殺した男の部屋に女子高生の遺体があったと報じていた。今朝の車内アナウンスで流れた一件であった。狂い始めた社会の病巣が、自分の目の前で起きている実感を持った。殺人事件が毎日のように報じられ、凄惨な事件があたり前のようになっていく社会に怖れを抱く。一家全員が殺された世田谷区と福岡市の事件は何としても犯人を逮捕してもらいたいと心から願っている。

二〇〇三年（平成十五年）　八月二三日（土）

午前八時頃に起床する。洗濯をし、布団をベランダに干す。毎日新聞の朝刊を読む。長崎市のUKさんよりお手紙が届く。長崎原爆平和祈念「第九回詩の夕べ」に対するねぎらいの言葉と来年も声をかけてくれるようにという内容であった。今後とも「詩の夕べ」を主宰し、継続していくつもりである。History Channelでドキュメンタリー『東京裁判』（一九八三年制作・小林正樹監督作品）を観る。午後二時から午後七時まで放送された記録映画であったが、途中で一時間ほど寝てしまった。極東軍事裁判を中心として満洲事変から戦後まで十四年間の、日本史最大の激動した社会の有様を見事に映し出していた。貴重な映像をたくさん観ることが出来た。インド人判事パル氏の判決に関する発言は、人類にとって貴重な財産となるものだと思った。また被告人（日本人）に対するアメリカ人弁護団の弁護は戦争というものの本質を、言い当てていたように思った。天皇の戦争責任はこの極東軍事裁判においてはないものとされたが、戦争でもたらされた災禍と死傷者に対して日本人一人一人に責任があると僕は考えている。

二〇〇三年（平成十五年）　八月二四日（日）

午後九時から午後九時五〇分までNHKの番組『NHKスペシャル・極北の大岸壁』を観る。北極圏にあるカナダ領のバフィン島は垂直に切り立った岸壁が一二〇〇メートルの高さで、それが数百キロにわたって連なっているそうだ。その巨大岸壁に日本人登山家の木本哲さんをリーダーとするグループが挑戦する、映像が映し出されていた。映像を観ていて、登山家の彼らは超人だと感じられた。撮影したカメラマンも勿論登って撮影したのであろう。カメラマンも凄い人である。木本氏の左足の指は、過去にヒマラヤで凍傷のために切断されていた。

部屋にクーラーはなく汗だくである。次から次に汗が滝のように流れてくる。水風呂に入って身体を冷やす。

二〇〇三年（平成十五年）　八月二五日（月）

仕事でトラブル発生。気落ちしている。

二〇〇三年（平成十五年）　八月二六日（火）

丸木位里・丸木俊著『原爆の図』（講談社文庫）を読了。

二〇〇三年（平成十五年）　八月二八日（木）

半日の仕事を終えて東武東上線と地下鉄有楽町線と地下鉄新宿線を乗り継いで、神田神保町にある岩波ホールへ行った。映画『氷海の伝授』(カナダ・イヌイット人ザカリアス・クヌク監督作品)を観るためである。この作品は二〇〇一年カンヌ国際映画祭カメラドール賞(新人監督賞)を受賞している。他にも世界各地の映画祭で賞を受賞している。カラー映画で上映時間は二時間五二分。撮影はスタッフ唯一の白人ノーマン・コーン、音楽はクリス・クリリー、衣装はミシェリン・アマックとアツアト・アッキティック。脚本は五人いるがその内の共同制作者でもあるポール・アバク・アンギリックは映画が完成する前に癌で亡くなっている。彼の妻もその後病死している。映画はこの二人に捧げられている。内容はイヌイットに数百年も前から伝わる物語である。そして驚いたことにバフィン島が舞台の一つになっていた。

二〇〇三年(平成十五年)　八月二九日(金)

帰宅して「マネーの虎」という番組を見た。お金が露骨に介在しているので人間心理の微妙な影がテレビドラマより面白いと感じた。

二〇〇三年(平成十五年)　八月三〇日(土)

喉が一昨日より痛い。風邪をひいたようである。窓を開けて寝ていたのが悪かった。何もする気が起きない一日であった。世界陸上選手権の男子マラソンをテレビ観戦した。

二〇〇三年（平成十五年）　八月三一日（日）

ニューヨークのSteve Cannon氏に自作の詩（日本語）、「辺境」と「樹7」を電子メールに添付して送った。彼からの電子メールで日本語から英語に翻訳をするといってきたので、送信することにした。Steve Cannon氏はニューヨークのマンハッタンに居住し、絵画と詩の季刊誌『TRIBES』を主宰している。彼はアフリカ系アメリカ人で盲目の人である。彼は詩人で、小説家である。

二〇〇三年（平成十五年）　九月一日（月）

風邪で体調不良。何とか仕事を終えて帰宅。夕食も摂らず横になって休んでいたら、そのまま寝てしまった。不思議と空腹感はない。トイレを済ませ、電子メールを確認して再度寝る。目が特に左目が痛い。どうしたのであろう。休むにかぎる。

二〇〇三年（平成十五年）　九月二日（火）

少しずつ体調は戻りつつある。喉の痛みはなくなったが、痰が出て、鼻水が出る。母より封書が届く。母親からの手紙で、心が落ち着いたためしがない。内容がいつも僕に対しての心配事が書かれていて、身につまされる思いがして苦手である。しかし母にはいつまでも元気でいて欲しいと思う。

二〇〇三年（平成十五年）　九月三日（水）

窓を開けて外出していたら、雷雨で部屋に雨が入り込んでいた。何てお馬鹿なんだろう。

二〇〇三年（平成十五年）　九月四日（木）

今日は午前中のみの仕事である。旭屋書店で雑誌を三冊購入した。一冊目は『東京人』（特集―生誕一〇〇年記念・小津安二郎―インタビュー 有馬稲子・岩下志麻・香川京子・司葉子・青木富夫・三上真一郎・渡辺文雄／プロデューサーが語る製作秘話・山内静雄／最後の弟子が見た「小津さんは特別」井上和男×佐藤忠雄）。二冊目は『芸術新潮』九月号（特集森村泰昌が語る伝説の女性画家「フリーダ・カーロのざわめき」）。三冊目は『BRUTUS』九月十五日号（ニューヨーク大特集）

二〇〇三年（平成十五年）　九月五日（金）

通勤時に九月三日の毎日新聞夕刊文化欄にあった記事を読む。記事を書いたのを三田晴夫氏で、内容は画家の菊畑茂久馬氏の最新刊『絵かきが語る近代美術』を紹介したものであった。菊畑茂久馬氏は一九三五年長崎県五島生まれで、現在は福岡県に住んでいる。記事は菊畑氏の最初の著作『フジタよ眠れ』から書き始めている。

二〇〇三年（平成十五年）　九月六日（土）

夜、NHKスペシャル『大仏はなぜ破壊されたのか』を観る。今から一五〇〇年も前に作られたアフガニスタン・バーミヤン仏像遺跡は西暦二〇〇一年三月に、アフガニスタン・タリバン政権とウサマ・ビンラディン率いる過激派テロ集団・アルカイダによって破壊された。国際社会がもっとアフガニスタンの現状を知っていれば九・一一テロは防げていたかも知れないと番組をみて思った。ウサマ・ビンラディンが資金力にものをいわせて、タリバンの最高権力者オマルを操っていく過程がよく分かった。

午後十時から午後十一時半までＮＨＫ教育番組のＥＴＶスペシャル『人に壁あり・解剖学者・養老猛司―今年一番のベストセラー「バカの壁」を語る、死者と向き合って見えてきたこと、新興宗教に向かう学生の心』を観る。養老氏の昆虫学者としての姿に興味を持った。少年のような顔になって昆虫採集をしていた。全生物の約八割が昆虫であることを考えれば、私たちはあまりにも昆虫のことを知らな過ぎる。また三十六歳で肺結核で亡くなった父親を回想する場面は親子の不思議な絆を感じさせた。

二〇〇三年（平成十五年）

九月七日（日）

午前六時半からピアノの練習をする。愛車で午前九時に出発してピアノと声楽を習うために、さいたま市浦和区へ行く。レッスン後に北浦和駅近くにある埼玉県立近代美術館へ久しぶりに行く。常設展示作品を丹念に鑑賞する。彫刻作品は船越保武氏（一九一二―二〇〇二）の「ダミアン神父像」（一九七五年制作・ブロンズ）、ジャコモ・マンズー氏（一九〇六―一九九一）の「枢機卿」（一九七九年・石）、ヴェナンツォ・クロチェッティ氏（一九一三―）の「マグダラのマリア」（一九七三〜七六・ブロンズ）、橋本真之氏（一九四七

―）の『果実の中の木洩れ日』（一九八五年制作・銅・鍛金）、エミリオ・グレコ氏（一九一三―一九九五）の「ゆあみ（大）№７」（一九六八制作・ブロンズ）、フェルナンド・ボテロ氏（一九三二―）の「横たわる人物」（一九八四年制作・ブロンズ）、アリスティッド・マイヨール氏の「イル・ド・フランス」（一九二五年制作・ブロンズ）、田中米吉氏（一九二五―）の『ドッキング（表面）1986―1985』（一九八五―八六制作・タイル・コールテン鋼）を鑑賞した。絵画作品はアンドレ・ドラン氏（一八八〇―一九五四）の「浴女」（一九二五制作・油彩・カンバス）、ジュール・バスキン氏（一八八五―一九三〇）の「眠る裸女」（一九二八年制作・油彩・カンバス）、ジョージ・シーガル氏（一九二四―二〇〇〇）の「赤いシャツを着た三つの人体」（一九七五年制作・紙・アクアチント・エッチング）他を鑑賞した。美術館のショップでドイツ製の固形水彩絵の具を購入する。

美術館の後、大型書店「書楽」に寄り織田隆三著『もぐさのはなし』（森ノ宮医療学園出版部刊）を買い求めた。

午後九時からＮＨＫスペシャル『私を変えた九・一一』を観る。午後十時半からＮＨＫ教育番組で『ベルリン・フィルのピクニックコンサート―ガーシュインナイト』を鑑賞する。指揮者は小沢征爾氏であった。

二〇〇三年（平成十五年）　九月九日（火）

ドキュメンタリー番組『ディレクターズ―ウィリアムズ・フリードキン特集』を観る。フリードキン監督自身が作品にまつわるエピソードを話していた。フリードキン監督の作品には『フレンチコネクション』（一九七一年制作 ジーン・ハックマン主演）、『エクソシスト』（一九七三年制作）、『真夜中のパーティー』（一九七〇年制作）、『グッド・タイムズ』（一九六七年制作）他がある。フリードキン監督は一九三九年にアメリカのシカゴで生まれた。父親が死んだので一六歳からテレビ局で働きはじめる。そのうちにドキュメンタリー番組の演出を任されるようになり、彼の才能が明らかになる。それから映画制作の道に入っていったそうだ。

二〇〇三年（平成十五年）　九月一〇日（水）

NHKの番組『その時歴史が動いた―ジャンヌ・ダルク』を観る。一七歳の田舎の少女が自国を救おうと、立ち上がる姿には感動を覚える。怒りを覚えるのは彼女を火あぶりの刑に処した教会の姿勢である。ジャンヌ・ダルク（一四一二―一四三一）はフランス東部のドンレミ・ラ・ピュッセル村の農家の娘であった。村の名前のピュッセルはフランス語で「娘」という意味であるが、ジャンヌ・ダルクはフランスでピュッセルと呼ばれている。

一九二〇年にバチカンは彼女を聖女の位に上げた。一七歳の田舎の農家の娘が国を救うといって戦場の最前線で戦い、勝利を収めた。それにもかかわらず自国の権力者たちからいわれのない嫌疑をかけられ、最後には火あぶりの刑に処せられた。しかし二〇世紀になって信仰の対象ともなる聖女の位を持った。私には興味の尽きない物語である。

二〇〇三年（平成十五年）　九月十一日（木）

ＮＨＫの番組『クローズアップ現代―シベリアの森林火災』を観る。シベリアの森林火災が地球環境に多大な影響を及ぼしていることを、初めて知った。午後九時から午後十時五四分まで十二チャンネルの番組『二十一世紀・大自然ロマン絶滅動物が蘇える』を観る。アフリカのボノボが印象に残った。チンパンジーより人間に近い動物である。

暑くて寝苦しい夜であった。

二〇〇三年（平成十五年）　九月十三日（土）

午後九時十五分から午後十時までＮＨＫスペシャル『テロを止めた対話』を観る。ノルウェー政府は国際テロ組織に指定されているスリランカの「解放のトラ」と対話を始める。

スリランカの内戦状態を止めさせるためである。これは異例なことである。九・一一同時多発テロ以降、アメリカなどはテロ集団を力で抑えこみ始めていたからである。アルカイダをはじめとするイスラム過激派はアメリカ軍の壊滅作戦を受けている。パレスチナのハマスもイスラエルの攻撃対象である。ノルウェー政府はそのような国際テロ組織集団に対して国際的に厳しい状況の中で、「解放のトラ」と粘り強く信頼関係を築きながら、平和への対話を四年半に渡って続けていった。その結果スリランカ政府と「解放のトラ」は無期限の停戦を結ぶことになった。ちなみに民族的には政府軍はシンハラ人で解放のトラはタミル人である。

二〇〇三年（平成十五年）

九月十四日（日）

午後五時から六時までヒストリー・チャンネルの番組『鄧小平』を観る。現在の中国繁栄の道を作った指導者である。この番組を観て毛沢東の圧制者としての側面を再認識した。文化大革命という名の下に、約三百万人の中国人が殺されたということである。個人崇拝は危険である。鄧小平氏は三度も失脚したそうだが、最後には最高権力者になった。彼の偉大な功績は政治では共産党の一党独裁で共産主義を掲げているのに、経済では計画経済ではなく市場経済を取り入れたことである。

午後九時から九時五五分までＮＨＫスペシャル『文明の道』（甦る謎の民：シルクロードの支配者ソグド）を観た。織物の歴史が面白かった。

二〇〇三年（平成十五年）　　九月十五日（月）敬老の日

午後七時半頃に自宅アパートを車で出発して、さいたま市浦和区へピアノと声楽のレッスンを受けに出かけた。午後八時二八分頃に着く。ピアノのテキストは『HANON』、声楽はイタリア民謡の「NINA」を練習した。練習後はお腹が空く。スーパーで食料（牛乳・トマトジュース・食パン・バゲット一本・とろけるチーズ・黒砂糖）を買い求めて帰宅する。帰宅後、阪神タイガース優勝のニュースを見る。洗濯機を回す。大村在住のTさんよりいただいた、長崎県大村産のひじき入り蕎麦を湯がいて食べる。磯の香りがして美味しい。

二〇〇三年（平成十五年）　　九月十六日（火）

午後九時十五分から午後十時までプロジェクトX『運命の滑走』を観る。日本で最初、世界で三番目になる人力飛行機の開発物語である。飛行機が好きな私にとっては、興味が尽きない番組である。日本大学工学部の木村秀政教授の設計になる人力飛行機リネット号は日本大学の学生たちの団結力で、一九六六年二月にアメリカ軍の管理下にあった東京の調布飛行場で高度一メートル、飛行距離一〇メートルの飛行に成功した。現在の日大の人力飛行機は三四キロメートルの飛行距離を達成している。

午後一〇時から午後一〇時五四分まで一二チャンネルの番組『ガイアの夜明け―十三億人に届けろ・中国に挑むニッポン式宅配・中国初のヤクルトレディ』という番組を観る。ヤクルトは広州で、宅配会社の佐川急便は上海で事業を展開していた。日本との合弁会社で働く中国人の眼差しは、真剣そのものであった。日本ではもう見られなくなったように感じられた。誠実で活力のある人間を見ていると、すがすがしい気持ちにさせられる。

二〇〇三年（平成十五年）　九月一七日（水）

午後七時三〇分から午後八時までＮＨＫの番組『クローズアップ現代―世界記録に挑む高齢の競技者』を観る。八〇歳になる男性の高齢者が、走ったり跳躍したりしている姿に驚かされる。引き続いて午後八時から八時四五分まで『ためしてガッテン―一〇歳若返る・血管やわらか訓練法・動脈硬化・高血圧が改善・秘策はＮＯ運動』を観る。番組の結論は運動療法をすることが血管のためになるということであった。ＮＯとは一酸化窒素であるが、それが血流をよくすることを番組で知った。

二〇〇三年（平成十五年）　九月一八日（木）

午前零時から午前一時までヒストリー・チャンネルの番組『P38戦闘機』を観る。P38戦闘機はアメリカのロッキード社製で、形が双胴になっている第二次世界大戦で活躍した戦闘機である。一九三九年一月に初飛行し、それから次々と改良が進められた。最初のエンジンはアリソン社製で一一五〇馬力あり双発であった。最終的には一四七五馬力となり最高速度は時速六六三キロ、最高飛行高度一万三三九〇メートルであった。全幅一五・八八メートル、全長一一・五五メートル、全高二・九九メートルだった。武装は二〇ミリ機関砲一門、一二・七ミリ機関銃四門で一八二〇キロまでの爆弾が搭載可能であった。総計九九二三機生産され、そのうち一〇〇〇機は偵察機として使用された。P38戦闘機は太平洋戦争で日本軍の戦闘機と空中戦を行った。P38戦闘機を乗りこなしたカール・リンドバーグは他のパイロットより燃費効率が良かった。今までの飛行技術を使ってのP38戦闘機の航続距離は一四〇〇キロメートルであった。リンドバーグの飛行技術を使った場合の航続距離は二倍の二八〇〇キロメートルにもなった。滞空時間も六時間から一二時間に延びた。P38戦闘機の登場で日本軍は前線の後退を余儀なくされた。

午前中の仕事を終えて、竹橋にある東京国立近代美術館へ『野見山暁治展』（二〇〇三年八月一二日～一〇月五日）を鑑賞するために行った。入場料は一二〇〇円。展覧会は三章に分けられていた。第一章は「ボタ山の再発見—自然と人工のせめぎあい」、第二章は「ヨーロッパと日本—かたちへのとまどい」、第三章は「空、海、風—うつろう自然と向き合って」だった。

第一章の作品は「マドの肖像」（一九四二年）、「焼跡の福岡県庁」（一九四六年頃）、「骸骨」（一九四七年）、「卓上の骸骨」（一九四七年）、「花と瓶」（一九四八年）、「静物」（一九四九年）、「廃坑A」（一九五一年）、「廃坑B」（一九五一年）だった。

第二章の作品「パリ郊外」（一九五四年）、「ベルギーのボタ山」（一九五四年）、「ベルギーの炭鉱町」（一九五四年）、「アニタ」（一九五五年）、「シャワーの女」（一九五七年）、「顔」（一九六〇年）他。

第三章の作品は「ある日」（一九八二年）、「遠ざかった景色」（一九八一年）、「近づいてきた景色」（一九八一年）、「旅の終わりに」（一九八五年）、「階段で遊ぶ波」（一九九〇年）、「遠賀川」（一九九二年）、「僕の生まれた川オンガ」（一九九二年）、「太田川」（一九八八年）、「説話」（一九九三年）他であった。

野見山暁治の絵を見ると作品の年代にかかわらず、故郷の福岡の匂いを感じる。遡行する鮭のように形とやり方を変えて故郷に向かう。

「野見山尭治展」を観終わってから、同館所蔵品ギャラリー「近代日本の美術」を鑑賞した。

教科書にも載っている有名な絵画作品が多数あった。黒田清輝・岸田劉生「道路と土手と塀」（切通之写生／一九一五年制作で重要文化財）・萬鉄五郎・高村光太郎の彫刻「手」（一九二三年制作）・藤田嗣治「五人の裸婦」・坂本繁二郎・佐伯祐三「ガス塔と広告」（一九二七年制作）・長谷川利行「鉄工場の裏」（一九三一年制作）松本俊介「Y市の橋」（一九四三年制作）国吉康雄・野田英夫・梅原隆三郎「北京秋天」（一九四二年制作）・古賀春江「海」（一九二九年制作）・岡本太郎・駒井哲郎などの作品を鑑賞した。

二〇〇三年（平成十五年）

九月一九日（金）

今日は残業がなかったので午後六時半頃に帰宅する。午後九時から午後一〇時五二分までフジテレビの番組『椎名誠のでっかい旅―謎の大河メコンを行く』を観る。内容は中国国境のラオスからカンボジア、ベトナムとメコン川流域三〇〇〇キロを作家の椎名誠が旅するものだった。ラオスの山岳民族が山を下りて、メコン川の近くに移住している現実を初めて知った。村の長は山から降りてきた理由を、情報が入らず時代から取り残されないためだと述べていた。椎名の質問に今後はメコン川を利用する生活になるだろうと話していた。メコン川流域で川魚の漁で、生活している人たちの姿が印象になった。大きな網を激流に入れて大型の川魚が入るまで、辛抱強く父と息子は交代で待つ。父と息子の姿は家族本来の絆を思い出させるものだった。一日半網を入れ続けて父から息子に交代して直ぐに大きな魚がやっと捕れた時には、見ているほうも嬉しくなった。映像を見ていてカメラクルーの忍耐強い撮影にも頭が下がる思いがした。

NHKの番組『人間ドキュメント―夢は〝世界王者〟女性ボクシングトレーナーの挑戦』を観る。今夜の舞台になったのは札幌のボクシングジムである。札幌市にあるボクシングジムからライトフライ級日本チャンピオンが誕生して、それを実現させたのが父親の後を継いだ三一歳の娘である。彼女は六年前に父親が病気で倒れたために、父親がやっていたボクシングジムを引き継いだのだった。彼女はボクシングの経験もなくOLからの転身だった。父親はボクシングの元日本チャンピオンだった。彼女は父親や周りの人にアドバイスを受けたり、数百本のボクシングの試合をビデオで観たりして独自の指導法を確立していった。有望選手を最初は見様見真似で指導していき、選手は自己の努力とジムを継いだ娘の指導の甲斐もあってライトフライ級日本チャンピオンになった。娘の悪戦苦闘する姿とそばで見守る父親の眼差しと有望選手の汗飛び散るエネルギーが、よく表現されていた。

二〇〇三年（平成十五年）　九月二〇日（土）

半日の仕事を終えて恵比寿にある東京都写真美術館へ行く。目的はドキュメンタリー映画『戦場のフォトグラファー』を観るためである。午後一時半頃に会場に着き、当日券を購入する。一八〇〇円だった。上映時間は午後二時四〇分からだったので隣にある高層ビルの最上階（三九階）へ行き、レストラン「火」で昼食を摂る。八〇〇円の日替わり定食を注文する。鯖の塩焼きであった。午後二時三五分に会場に戻ると既に開場していた。東京都写真美術館には何度か写真展を観に来ていたが、映画を見るのは初めてであった。ドキュメンタリー映画『戦場のフォトグラファー』はスイスのドキュメンタリー映像作家でプロデューサーでもあるクリスチャン・フライの作品である。内容はアメリカ人の戦争報道写真家であるジェームズ・ナクトウェイ氏の人となりと仕事を撮影したものであった。私は今回はじめてジェームズ・ナクトウェイという人物を知った。素晴らしいドキュメンタリー映画であった。観に来た甲斐があった。どうして今までジェームズ・ナクトウェイ氏の仕事に気付かなかったのか不思議に思えた。しかし今までに彼が撮影した写真はどこかで観たことがあっただろうとも思った。

クリスチャン・フライは二年間に渡ってナクトウェイと共に紛争地であるパレスチナとコソボそれにインドネシアを巡り、ナクトウェイの仕事を明らかにする。ナクトウェイの日本製の写真機には小型カメラが取り付けられ、ナクトウェイと同じ目線で観客は彼が撮影する被写体を観ることが出来るようになっている。そのために臨場感が強烈なものになっている。映画を観ながら紛争地の過酷な現実を知り、涙が出るのを止められなかった。

ナクトウェイの修道僧にも似たストイックな姿勢と生活に共感を覚えた。ナクトウェイが取材した国は北アイルランド・ロシア・ルーマニア・コソボ・チェチェン・韓国・レバノン・イスラエル・ウェストバンクとガザ地区・アフガニスタン・インド・タイ・フィリピン・スーダン・ソマリア・スリランカ・ルワンダ・インドネシア・南アフリカに及んでいる。彼はロバート・キャパ賞を五回、ワールド・プレス・フォト賞を二回、年間最優秀雑誌カメラマン賞を六回も受賞している。他にも多数の受賞歴のある戦場のカメラマンである。今後、ジェームズ・ナクトウェイ氏の仕事に注目していきたいと思う。

映画を観終わってから三階で開催されていた、上田義彦写真展『PHOTOGRAPHS』を鑑賞した。内容はテーマ別に「建築」・「風景」・「庭」（三五ミリフィルムで撮影）・「ポルトレ」（モノクレームのポートレート集）・「Flowers」（1995-97）・「Blue Blue」（2000）・「Amagatu」（舞踏家・天児牛大）・「Quinalt」（1990-91）・「3 Women:Contemporary Nude」（1994）他だった。

二〇〇三年（平成十五年）　　九月二一日（日）

午後四時から五時半までピアノと声楽のレッスンを受けた。雨だったこともあり愛車で先生宅があるさいたま市浦和区へ赴く。

午後六時半に帰宅する。夜はＴＢＳの番組『ウルルン滞在記』を観る。東ちづる氏のドイツ国際平和村への再会の旅であった。ドイツ国際平和村の活動は特筆に値する活動であると認識した。テレビに映った子供たちの体の傷の大きさに衝撃を受けた。心の傷はもっと大きいものに違いない。治療を終えてアフガニスタンの子供たちはチャーター機でカブール国際空港へ着いたが、一人の子どもには誰も迎えに来なかった。一人取り残された少年の孤独が痛いほどこちらに伝わってくる。結局、この少年は養護施設に入ることになった。まだ子供でありながら厳しい現実の中で、一人で生きていかなければならないのだ。ドイツ国際平和村の活動資金の多くが、日本からの募金で賄われていると知った。東ちづる氏の人生でやるべきことが見つかったような、生き生きとした姿が印象にのこった。

二〇〇三年（平成十五年）

九月二八日（日）

国道一六号線を使って東京都八王子市谷野町にある東京富士美術館へ、車で出かけた。『ロバート・キャパ　戦争と子供たち―そして九・一一』を鑑賞するためだった。ロバート・キャパの写真を写真集ではなく展覧会として観るのは、初めてであった。写真展は四章に分けて構成されていた。一章は「キャパの映した〝戦争と子供たち〟」、二章は「キャパを継ぐ写真家―〝母の涙と子供たち〟を撮る」、三章は「キャパの友人たち、日本の思い出」、四章は「終わりなき旅路」、そしてエピローグが「九月一一日ニューヨーク—変化する戦争の世紀」となっていた。写真のほかにキャパが母親に宛てた自筆書簡が、ガラスケースに入れられて展示されていた。他にはキャパの年表が掲示されていた。順路に従って鑑賞した。観終わってから写真展のカタログを二〇〇〇円で購入した。カタログの中には出品された二二人の写真家の紹介文もあった。美術館のロビーでは一八分のキャパに関するビデオ映像が流されていて、それも合わせて鑑賞した。今回の展覧会を鑑賞してロバート・キャパという戦争写真家の全体像が、掴めたことが良かった。

キャパ以外に観た写真家の作品にはユージン・スミスの「楽園への歩み」（撮影場所：アメリカ合衆国／一九四六年）、コーネル・キャパの「画家グランマ・モーゼス」（撮影場所：アメリカ合衆国・ニューヨーク／一九六〇年）、セバスチャン・サルガドの「干上がった瀬をわたる難民の家族」（撮影場所：マリ／一九八五年）、沢田教一の「安全への逃避—米軍の爆撃を逃れ、川を渡る母と子」（ピュリッツアー賞受賞作品／撮影場所：ベトナム・クイニョン／一九六五年）、エルンスト・ハースの「無事に帰郷した戦争捕虜に息子の安否尋ねる母」（撮影場所：オーストリア・ウィーン／一九四七年）、アンリ・カルティエ＝ブレッソンの「ナチの強制収容難民キャンプで告発されるゲシュタポ密告者」（撮影場所：ドイツ・デッサウ／一九四五年）、ヴェルナー・ビショフの「巨済島の戦争捕虜キャンプで配給をもらう子」（撮影場所：韓国／一九五一年）、ジェームズ・ナクトウェイの「武装の町に怯えるウガンダの少年」（撮影場所：ウガンダ／一九六六年）、「崩壊した世界貿易センタービル」・「崩壊現場の消火作業にあたる必死の消防士たち」（撮影場所：ニューヨーク／二〇〇一年九月一一日）があった。これらの作品の一枚一枚に物語が感じられ、今、自分もその場に居合わせるような感覚が迫ってきた。

二〇〇三年（平成十五年）

十月一日（水）

仕事を終えてから、マイカル・シネマ板橋で映画『サハラに舞う羽根』を観る。監督はインド人のセカール・カプール氏。カプール氏の生地は現在ではパキスタンになっている。彼は母国インドで『女盗賊プーラン』を制作した後にイギリスに渡り、『エリザベス』を作り上げ映画監督としての実力が認められた。映画『サハラに舞う羽根』は二〇世紀初頭に書かれたA・E・W・メイスンの小説が原作になっている。小説では植民地主義に立脚して、そのことを肯定する形で物語が展開していくが、映画では必ずしもそうではない。監督はあるインタビューに答えて「反植民地、反差別はインドでしみついた」と語っている。モロッコで撮影された戦闘シーンは迫力があった。カプール監督の次回作は「抑圧との戦い」をテーマとして、ネルソン・マンデラ前南アフリカ大統領が題材になるそうだ。楽しみである。南アフリカは若きマハトマ・ガンジーが、非暴力による抑圧のとの戦いを開始した土地である。

二〇〇三年（平成十五年）　一〇月三日（金）

友人のS君と午後六時半に池袋駅西口で待ち合わせ。近くの沖縄料理店に入りゴーヤチャンプルとオリオンビールを注文する。近況を話し合う。

二〇〇三年（平成十五年）　十月四日（土）

午前中の半日の仕事を終えて、池袋駅東口側にある新文芸坐へ行き、ヴィム・ヴェンダース監督作品の映画を二本鑑賞した。一本目は午後二時四五分から上映された『ベルリン・天使の詩』（一九八七年制作／カンヌ映画祭監督賞受賞作品／カラー、一部モノクロ／上映時間一二八分）。出演はブルーノ・ガンツ、ソルヴェイグ・ドマルタン、ピーター・フォークほかだった。脚本は監督自身とピーター・ハントケ。音楽を担当したのはユルゲン・クニーパー。ヴェンダース監督はこの映画を小津安二郎とフランソワ・トリュフォーとアンドレイ・タルコフスキーに捧げている。内容はピーター・フォーク演じる人間の姿をした天使が、人間の女性に恋をする物語である。

二本目は午後五時〇五分から始まった『パリ・テキサス』（一九八四年制作／イーストマン・カラー／上映時間一四六分／カンヌ国際映画祭パルムドール受賞作品・国際批評家連盟賞受賞作品）。出演はハリー・ディーン・スタントン、ナターシャ・キンスキー、ハンター・カースン他。脚本はサム・シェパード、音楽担当はライ・クーダー、クーダーのギター演奏が映像によく馴染んでいて、心に沁みた。ヴィム・ヴェンダース（Wim Wenders）は一九四五年八月一四日にドイツ・デュッセルドルフで生まれた。一九六七年に創立されたミュンヘン映画大学に一期生として入学する。一九七〇年に卒業制作として彼にとって初長編となる『都会の夏／キンクスに捧ぐ』を発表している。他の作品に『ゴールキーパーの不安』（一九七一年制作）・『都会のアリス』（一九七三年制作）・『まわり道』（一九七五年制作）・『さすらい』（一九七六年制作）・『東京画』（一九八三年制作）等がある。これらの作品はレンタルビデオ店で借りて観た。映画館に足を運んで観た作品は『時の翼にのって』（一九九三年制作）・『ブエナ・ビスタ・ソシアル・クラブ』（一九九九年制作）である。

二〇〇三年（平成十五年）　一〇月六日（月）

『現代詩手帳特集版―吉原幸子』（思潮社刊・二〇〇三年三月一五日発行・二〇八頁・

一六〇〇円）を読了。執筆者は入沢康夫・渡辺守章・木田教子・高橋順子・谷川俊太郎・大岡信・吉田文憲・幸田弘子・新井豊美・清水昶・山田奈々子・山本道子・平田俊子・鈴木ユリイカ・高塚かず子・白石かずこ・辻井喬・加藤幸子・他。討論は新川和江・井坂洋子・池井昌樹。インタビューは吉原純。吉原幸子氏の年譜と書誌は高崎市在住の国峰照子氏の編集による。

二〇〇三年（平成十五年）

一〇月九日（木）

午前中の仕事を終えて池袋駅東口にある、僕にとっての映画大学である新文芸坐へ行き映画を鑑賞した。二本立てで千円であった。二本ともギリシャ人のテオ・アンゲロプロス監督の作品であった。一本目は午後三時〇五分から始まった『永遠と一日』（一九九八年制作・カンヌ国際映画祭パルムドール賞受賞作品）を鑑賞する。出演はブルーノ・ガンツ、イザベル・ルノー他。二本目は午後五時三〇分から始まった『ユリシーズの道』（一九九五年制作／カンヌ国際映画祭批評家連盟賞　審査員特別賞受賞作品）を観た。出演はハーヴェイ・カイテル他。ギリシャの映画を観る機会が少ないので、大変貴重な時間だと思った。日本にはギリシャのニュースは皆無と言っていいくらい入ってこない。オリンピックが来年アテネで開かれるので、その関係でこれから入ってくるかもしれない。

二〇〇三年（平成十五年）　一〇月一一日（土）

午前の半日の仕事を終えて、今日も池袋駅東口にある新文芸坐へ行き、映画を二本鑑賞した。一本目は午後三時から始まったオーストラリアの映画『ピアノ・レッスン』（原題「THE PIANO」・一九九三年制作でカンヌ映画祭パルムドール賞受賞及びアカデミー主演女優賞受賞他）だった。監督はジェーン・カンピオン氏、出演はホリー・ハンター他。この作品はビデオで鑑賞したことがあったが、映画館で観たのは初めてであった。

二本目はアンドレイ・タルコフスキー監督の作品『サクリファイス』（原題「OFFRET」・一九八六年制作でスウェーデンとフランスの合作／カンヌ映画祭批評家連盟賞・審査員特別賞・芸術貢献賞受賞）だった。午後五時一〇分から始まり終わったのは午後八時だった。出演者はスウェーデン人俳優のエルランド・ヨゼフソン。この作品はタルコフスキー監督の遺作となった。監督はこの作品が制作された一九八六年に、亡命地のパリで亡くなった。享年五四歳であった。毎回、タルコフスキー監督の作品を観ると眠くなり断続的に寝てしまい、まともに観たためしがない。今回もそうだった。そのために同じ作品を何回も観る必要が出てくる。

午後八時半頃に帰宅した。雨が降り出していた。洗濯物をベランダから取り込み、それからシャワーを浴びた。午後九時頃からテレビをつけてＫ１（大阪大会）の試合を見る。ボブ・サップ選手の試合は見ていてハラハラ、ドキドキする。新日本プロレスなどと違って緊張感があって試合に引き込まれてしまう。ボブ・サップ選手はいまだ格闘技家としては素人の域を出ていないように思われる。防御の姿勢がとれず、楽に相手に打撃を許している。倒すか倒されるかギャンブルのような試合を続けている。

二〇〇三年（平成十五年）　一〇月一二日（日）

午後二時からニューヨーク・ヤンキース対ボストン・レッドソックスの試合をＮＨＫ総合テレビで観戦する。四対三でヤンキースが勝利した。松井秀喜選手がヒットを放ちチームの勝利に貢献した。振りが鋭いので次の試合ではホームランが期待できると思った。

午後九時からＮＨＫスペシャル『文明の道（六）―バクダッド千夜一夜物語の舞台・世界最大の都・繁栄の秘密』を観る。映像では世界最古の小切手を映していた。一一〇〇年前のバクダットは「平和の都」と呼ばれていた。人口は百万人を超え、その当時世界最大の都市であった。商業が盛んでバクダッドに流通していた銀貨がスウェーデンのヴァイキングの遺跡から発見されている。その事実はアラビア商人がヨーロッパ全域にわたって活動していた証拠である。科学、特に医学は最先端の技術と知識を有していた。医学書はヨーロッパに伝わり翻訳され、医学校でその後四〇〇年間も教科書として採用されていた。中国の唐との交戦により唐の捕虜から紙の製法がバクダッドに伝わり、羊皮紙から紙に転換していく過程が番組を観てわかった。羊皮紙の難点は偽造及び書き直しが簡単に出来ることで、当時の社会問題になっていた。

二〇〇三年（平成十五年）　一〇月一三日（月）

午前八時半頃に起床した。洗濯を二回して洗濯物をベランダに干し、それから布団を干した。野菜料理を作った。使った野菜はキャベツ・白菜・ニンジン・玉葱・ジャガイモで、味を醤油・本つゆ・赤穂の天然塩で整え、ほんの少しお好みでカレー粉とポン酢を入れた。あとでうどん麺を湯がいて作った野菜料理を入れて食すつもりだ。うどん麺は秋田県由利郡大内町にある高山製麺の「干しうどん」を使うつもりだ。余ったキャベツで浅漬けをつくった。午前一一時頃に雨が降り出したので、布団と洗濯物を急いで取り込む。午前一一時半頃より入浴する。

午後一時から二時までヒストリー・チャンネルの番組『戦争の真相―ブレジネフ策略』を観る。ソ連共産党書記長レオニード・ブレジネフは主にアメリカ合衆国との核軍縮をしながら、一方では軍備を拡張する政策を取る。ブレジネフは世界各地の紛争にアメリカもしたように資金を提供して、戦争を影で操っていく。ベトナム戦争、アラブ・イスラエル戦争、アフガニスタン紛争介入などに多額の資金を当事者に提供していた。その結果、悪化していたソ連邦の国家財政はさらに逼迫していった。ソ連共産主義体制の衰退を招いた責任はブレジネフにもあるということだろう。いずれにしろソ連共産主義体制は破綻しただろうが。

午後七時三〇分から八時四五分までNHKの番組『地球・ふしぎ大自然スペシャル―謎の海カリフォルニア湾』を観る。カリフォルニア湾の陸地は摂氏四五度の気温で生物にとっては不毛の土地であるが、海は一転してオキアミなどのプランクトンが豊富にあり、それを餌とする多くの魚類と海洋哺乳動物が生息する豊かな海なのである。カリフォルニア半島は幅が約一六〇キロ、長さが約一一〇〇キロあり、湾の奥にはコロラド川が注いでいる。コロラド川からプランクトンの餌になる養分が湾にもたらされている。映像に映し出されていたのは地球上最大の動物シロナガスクジラ、巨大エイ、四メートルにもなる巨大イカ、浜辺に跳ね上がる大量の小魚が映し出されていた。

二〇〇三年（平成十五年）　一〇月一四日（火）

仕事を終えて池袋に出る。映画を観る前に地下街にある立ち食いソバ屋で三三〇円のコロッケソバを食べる。新文芸坐で午後六時三〇分からジャン・リュック・ゴダール(Jean=Luc Godard)監督の作品『はなればなれ』(原題 BAND A PART／一九六四年制作・仏)を鑑賞する。出演はアンナ・カリーナ、サミー・フレイほか。ジャン＝ルック・ゴダール監督はパリで一九三〇年一二月三日に生まれている。ソルボンヌ大学在学中から映画評論を書き始める。ヌーヴェル・バーグの旗手と言われている監督である。現在はスイスに住み、スイス国籍を取得している。

映画を観終わって外に出ると雨はまだ降っていた。まっすぐ東武東上線池袋駅から森林公園駅行きの急行電車に乗る。運よく座席に座れ、読書をすることが出来た。

二〇〇三年（平成十五年）　一〇月一五日（水）

仕事を終えて午後五時五〇分から職場近くの居酒屋で飲む。それから池袋に出て新文芸坐へ向かう。午後八時三〇分からジャン＝リュック・ゴダール監督の作品『ウィークエンド』(原題 Weekend／一九六七年制作／仏＝伊合作)を鑑賞する。脚本は監督のジャン＝リュック・ゴダール、音楽はアントワーヌ・デュアメル、撮影はラウール・クタール、出演者はミレーユ・ダルク、ジャン＝ピエール・レオ、ジャン・イアンヌほかだった。客席は六割方埋まっていた。最終上映だったので料金は八〇〇円だった。午後一一時一〇分に帰宅した。

二〇〇三年（平成十五年）一〇月一八日（土）

午前一時四五分からダイジェスト版で大リーグ、ヤンキース対レッドソックス第七戦の試合をNHKで見る。

二〇〇三年（平成十五年）一〇月二一日（火）

P・D・ウスペンスキー著『人間に可能な進化の心理学』（前田樹子訳／めるくまーる社刊／一六二頁／¥一五〇〇）を読了する。ウスペンスキーの著作を読み終えたのは二冊目である。一冊目は『奇蹟を求めて』（平河出版社刊）だった。それを読んでから一〇年以上の月日がたっている。

二〇〇三年（平成十五年）一〇月三一日（金）

仕事を午後五時一〇分に終えて羽田空港へ向かう。東武東上線池袋駅で山手線内回りに乗り換え、品川駅で京浜急行に乗り換えた。午後七時一〇分発の日本エアシステムの長崎行きにぎりぎりで搭乗することができた。出発は予定の時刻より一五分ほど遅れた。機種はエアバスA三〇〇－六〇〇Rだった。機内で缶ビール一本を注文する。つまみがついて五〇〇円だった。

二〇〇三年（平成十五年）　　十一月一日（土）

有給休暇を取って父の七回忌のために故郷長崎に帰ってきた。長崎市梅ケ崎にある食事処「志津」で昼食を摂る。「志津」は作家の田中小実昌さんが長崎へ旅行した時に立ち寄る料理店であった。旅を綴った氏の本に「志津」が載っている。レンタカーを借りて西彼杵郡香焼町へ行き、軍艦島（端島）一周クルーズに出かけた。料金は五千円だった。乗った船の船内の壁に俳優、渡辺謙のサインがあった。帰りは高島に寄港して釣り客五人を乗せた。午後八時に長崎市宝町にある会社にレンタカーを返却した。それから中央橋にあるジャズ喫茶マイルストーンへ行く。午後一一時頃に帰宅する。

二〇〇三年（平成十五年）　　十一月二日（日）

午前七時頃に起床する。午前八時半頃に実家を出て大浦にあるトヨタレンタカーへ行き車を借りる。実家に戻り母と兄を乗せ、お墓のある野母崎町高浜に向かう。浄土真宗西本願寺派金徳寺で父の七回忌の法要が行われた。法要の後、海岸端にある料理屋で親戚の人たちと宴席をもった。住職ご夫妻も出席してくださった。父は私がパリ滞在中に亡くなった。帰国してから父の死を知らされた。パリ滞在中はなかなか寝付けない日々が続いて不思議に思っていたが、その訳は何千キロも離れた父の死であったのだろうと思った。今も父の死に際に立ち会えなかったことが心に負い目として残る。

二〇〇三年（平成十五年）　　十一月三日（月）

レンタカーを借りて長崎市から西彼杵郡外海町にある外海町立「遠藤周作文学館」へ向かう。入館料は大人三五〇円であった。一時間ほど見学する。文学館は角力灘に面していて、眺めは最高だった。いつ見ても心引かれる場所である。遠藤周作氏の死を知ったのはケニアのナイロビ滞在中に立ち寄った日本料理屋に置いてあった新聞記事であったことが思い出された。

見学後、国道二〇二号線沿いに車を走らせ西海橋を渡り、ハウステンボスの前を通過して大村市に入った。日は落ちて暗くなっていた。レンタカーを大村空港支店へ返却して、レンタカー会社の車で大村空港へ向かった。午後八時半発の日本エアシステムの羽田行きに搭乗する。灯りが点在する諫早市、大村市の上空を飛ぶ。機種は行きと同じでエアバスA三〇〇―六〇〇R。製造会社はエアバスインダストリー社で巡航速度は八四八キロ／h、航続距離は三八九〇キロ、座席数は二九二席、エンジンは二基、全長五四・〇八メートル。羽田空港から京急で品川駅へ行き、山手線に乗り換え池袋駅で下車した。東武東上線に乗り換え帰宅した。深夜一二時を過ぎていた。

二〇〇三年（平成十五年）　十一月六日（木）

詩二編を完成させて、長崎市にある副島印刷へ原稿を近くのコンビニへ行き、ファックスで送る。詩の題名は「他者」と「地上の言葉（故山田かんさんへ）」である。

二〇〇三年（平成十五年）　十一月八日（土）

仕事帰りに駅の近くにある市の出張所で、衆議員選挙の不在者投票を済ませる。同じビルの二階にあるコーヒー店「Excelsior café」で一時間ほど読書をする。本の題名は『回想のグルジェフ─ある弟子の手記』（コスモスライブラリー社刊）である。

二〇〇三年（平成十五年）十一月九日（日）

午前八時頃に起床し、毎日新聞の朝刊に目を通す。午後からピアノの練習をする。雨が降っていたので愛車でさいたま市浦和区まで行き、ピアノと声楽のレッスンを受ける。声楽の曲はグノーのアヴェ・マリアで難しかった。帰宅したのは午後一〇時半頃であった。

二〇〇三年（平成十五年）十一月十日（月）

衆議院選挙の投票率の低さに驚かされる。社会問題がこれほど山積みしているのに、何でこんな投票率になってしまうのだろうか。日本国民の無責任さに唖然とする。こんな投票率で日本社会が良くなるとは到底思われない。一人怒り心頭である。

二〇〇三年（平成十五年）十一月十三日（木）

午後五時に愛車のビッグホーンを、いすゞの整備工場へ車検に出す。十五万円ほどの出費になる。排ガス規制でこの車の最後の車検となるだろう。二年後には廃車となる運命である。埼玉～長崎間を二回も往復した車なので愛着が強い。この車に乗ると不思議と心が落ち着く。自分にとって癒し系の車とでも呼ぼうか、機械であっても心が通じ合えている感覚があるのだ。

二〇〇三年（平成十五年）　一一月一五日（土）

仕事を終えて、駅の近くにあるエクセルシオル カフェで、ブレンドコーヒー（三三〇円）を飲みながら一時間ほど読書をする。帰宅してから洗濯物を取り込み、朝のうちに洗濯していた毛布と衣類を新たに干す。

図書館から借りていたビデオ『THE STORY JAZZ』を鑑賞する。内容は百年近くあるジャズの歴史を映像と演奏、そして証言と解説でなされたものだった。ジャズの歴史で特別の地位を得ている土地はニューオリンズとシカゴとニューヨークである。ビデオには女性ボーカリストのサラ・ボーンとビリー・ホリデイ、モダンジャズの先駆者となった女流ピアニストのメリー・ルイ・ウィリアムズ、アルトサックス奏者のジョン・コルトレーンとチャーリー・パーカー、クールジャズの創始者マイルス・デイビス、楽団ではデューク・エリントン楽団、カウント・ベイシー楽団、パフォーマンスが面白かったアーティ・ショー楽団、ジャズの巨匠ルイ・アームストロングなど興味深い演奏と映像があった。ジミー・ランスフォード楽団が演奏した「ナガサキ」という曲名がついた曲には特別な印象を持った。

午後九時からＮＨＫの番組『崩れたイラク復興計画―アメリカの誤算・当事者が明かす米政府の迷走の内幕』を見る。番組を見る限りアメリカの占領政策が、いかに稚拙で野蛮なものであるかがよく分かるものだった。ワシントンのお偉方はエアーコンディションの効いた部屋で、命の危険もないところで考え遊ばしている。

午後一〇時からテレビ東京の番組『美の巨人たち―白い灯台と光と影、ホッパーのアメリカ』を観る。エドワード・ホッパー（Edward Hopper 一八八二―一九六七）というアメリカ人画家のことは、ヴィム・ヴェンダース監督の作品『パリ・テキサス』を通して以前より名前だけは知っていた。番組の中で紹介されたホッパーの絵画作品は「灯台のある丘」、「自画像」、「ガソリンスタンド」等であった。

二〇〇三年（平成十五年）　　　　　十一月一六日（日）

快晴。朝から詩作する。合間に布団を干したり、衣類の洗濯をしたりした。詩の題名は連作している作品で「充満一三」というものである。詩誌「旋律」に載せる予定にしている。

午後四時からテレビ東京の番組『日高義樹のワシントンリポート』を見る。番組では日高氏（元NHKアメリカ総局長・現在アメリカのシンクタンクの主席研究員）がドイツを訪ね、冷戦後とイラク戦争後のヨーロッパの政治状況と一般市民の日常生活などをリポートしていた。元西ドイツ首相のヘルムート・シュミット氏へのインタビューもあった。シュミット氏は戦後のドイツと日本の隣国に対する外交の取り組みの違いを述べていた。氏はまた日本は中国と韓国に侵略したことに対して謝罪していないと述べていた。映像で興味深かったのは日高氏がヒットラーの「鷲の巣山荘」を訪問して、エレベーターと山荘の内部と山荘からの絶景が見られたことだった。エレベーターの動力はUボートで使われていたディーゼルエンジンで、今も使われていてピカピカに磨かれていた。

午後一一時からTBSテレビの『情熱大陸』を見る。村上隆氏と奈良美智氏の作品をアメリカとフランスとイギリスに紹介した画商、小山登美夫氏を紹介する内容であった。番組を見る限り、村上隆氏がインタビューに答えて「小山はまだ世界ではBランクだ。」と言っていたが、当たっているようにみえたが村上氏の小山氏に対する激励の言葉なのだろうとも思えた。

二〇〇三年（平成十五年）　　十一月十七日（月）

快晴。木枯らし一号が吹いた日であった。帰宅後、NHKの番組『クローズアップ現代』を見る。男性の肥満を取り上げていた。男性の肥満は皮下に付くだけでなく、内臓に脂肪が付くのでダイエットが必要であるとの結論であった。わかりきっていることだが、実践は難しい。

引き続いて午後八時から『地球・ふしぎ大自然』を観る。内容はリスの仲間プレーリードッグの生態を追ったものだった。アメリカの大草原に住むプレーリードッグはオスを中心にして、十数匹が家族を構成していて、そのような家族が何百と集まって「町」と呼ばれる巨大な生息地を形成しているそうだ。

二〇〇三年（平成十五年）　十一月十八日（火）

曇り。仕事を終えて喫茶店「エクセルシオル カフェ」で読書を一時間ほどする。カウンター席で照明があるのが助かる。本日のコーヒー（Mサイズ）とジャーマンドックを注文した。集中して読書をして帰宅する。

二〇〇三年（平成十五年）　十二月八日（月）晴れ

仕事を終えて駅近くの図書館で、ビデオとCDを返却した。新たにビデオとCDを借りた。午後七時に帰宅する。NHKのニュースを見る。八時より『地球・ふしぎ大自然』を観る。内容は昆虫の鳴き声、主にエンマコオロギの鳴き声の仕組みと鳴き声の意味を解明したものであった。撮影は昆虫写真家の栗林慧氏で、撮影場所は栗林さんが住む長崎県北松浦郡田平町である。田平町は平戸島の対岸にある町で田平漁港があり、レンガ造りの田平カトリック教会は有名である。町の人口は約八〇〇〇人である。番組で取り上げられた昆虫はエンマコオロギの他に、タイワンエンマコオロギ、マツムシ、スズムシ、カマキリ、カイコガなどであった。

借りてきたCDをパソコンのReal One Playerで聴く。聴いたCDは『GREAT PIANIST OF 20th CETURY』シリーズの五七番『ZOLTAN KOCSIS』(二枚)と三九番の『GLEN GOULD』(二枚)であった。『ZOLTAN KOCSIS』の曲目はCD(1)がグリーグ作曲の抒情小曲集第三集作品四三 一、蝶々 二、孤独なさすらい人 三、ふるさとで 四、小鳥 五、恋の曲(エロチック) 六、春に寄す バルトーク作曲のルーマニア民族舞曲 一、棒踊り 二、腰巻踊り 三、足踏み踊り 四、ホーンパイプ踊り 五、ルーマニアのポルカ 六、速い踊り リスト作曲のエステ荘の噴水 ドビッシー作曲の二つのアラベスク第一番と第二番、スケッチブックより、ベルガマスク組曲(全四曲)一、前奏曲 二、メヌエット 三、月の光 四、パスピエ 喜びの島 版画 一、塔 二、グ

ラナダの夕暮れ　三、雨の庭でCD(2)がラフマニノフ作曲のピアノ協奏曲第四番ト短調作品四〇、前奏曲、嬰ハ短調、ヴォカリーズ作品三四―一四　ドビッシー作曲のピアノと管弦楽のための幻想曲　ドホナーニ作曲の童謡による変奏曲作品二五

二〇〇三年（平成十五年）　十二月九日（火）晴れ・満月

仕事を終えて職場の仲間と、池袋西口にある居酒屋「高田屋」で飲む。飲み放題で四〇〇〇円であった。

二〇〇三年（平成十五年）　十二月十日（水）晴れ

職場の忘年会があった。場所は池袋の東武デパート一四階にあるバンケットホールであった。お酒はビールしか飲まなかった。カラオケは「上を向いて歩こう」を歌った。午後九時四〇分頃に帰宅する。ＮＨＫの番組『その時、歴史が動いた―赤穂浪士始末記』を途中から観る。その後、チャンネルを変えて『ニュースステーション』を見る。自衛隊のイラク派遣が気になるところである。

二〇〇三年（平成十五年）　　十二月十一日（木）午後から雨

生命保険会社の外交員と池袋西口のエクシェルシオルカフェで待ち合わせる。病院でかいてもらった入院証明書を渡す。一万五千円が支払われる予定だが、入院証明書代に五千円掛かっている。カフェレテを飲みながら読書をして待った。もう一息で読了となるところまで読み進んだ。用事が済んだ後、メトロポリタンプラザの中にある池田書店で本を二冊購入する。『新版 病気の地図帳』（監修者・山口和克／講談社刊・四〇〇〇円）と三木英之・鎌田和芳共著『腰痛』（高橋書店刊・一二〇〇円）。

二〇〇三年（平成十五年）　　十二月十二日（金）

新聞記事に小さく報道写真家のナクトウェイ氏がイラクのバグダット近郊で負傷するとあった。安否が気になるところである。

二〇〇三年（平成十五年）　　十二月十三日（土）快晴

午前六時頃に起床する。半日の仕事に出勤する。仕事を終えて職場の近くにある古本屋に立ち寄る。『ユダヤ教の本』(学習研究社刊)・大岡信著『アメリカ草枕』(岩波書店刊)・中村真一郎著『愛と美と文学—わが回想』(岩波新書)・佐藤忠郎著『映画で世界を愛せるか』(岩波新書)・飯沢耕太郎著『戦後写真史ノート』(中公新書)・池井昌樹詩集『黒いサンタクロース』(思潮社刊)の六冊を千円で購入する。

二〇〇三年(平成十五年)　十二月十四日(日)快晴

午前中は洗濯をして、布団をベランダに干す。午後一時半頃に外出し、西武新宿線野方駅近くに行く。午後四時二〇分頃に戻り、駅近くのドトールコーヒー店でブレンドコーヒーとジャーマンドッグを注文して休憩した。お店を出て五分ほど歩いてBook offへ行く。フランク・エルガー著天野知香訳『ファン・ゴッホ』(講談社刊)、『増補版 長崎市長への七三〇〇通の手紙—天皇の戦争責任をめぐって』(径書房刊)、『ビジュアル博物館・第二八巻—気象』(同朋社刊)、『カラーチップ事典part2(切り取り式・色指定マニュアル)』(河出書房新社刊)、『自分で選ぶガン治療』(宝島社刊)、村松貞次郎ほか著『近代建築史概説』(彰国社刊)を総額一八五〇円で購入する。書籍の他にビデオ三本、『ワイルド・アニマルズ—野生の真実—帰ってきたカリブー』(ディスカバリー・チャンネル)、『食のルーツ・五万キロの旅（4）―アンデスの贈り物ジャガイモ』（NHKエンタープライズ）、『食のルーツ5万キロの旅（5）―大いなるアジアの恵み米』（NHKエンタープライズ）を買い求めた。

午後九時にイラクのフセイン元大統領拘束をNHKニュースで知る。

二〇〇三年（平成十五年）　十二月十六日（火）快晴・強風

今日も残業となった。駅のスタンドで朝日と読売の夕刊を買う。寄り道をしてソフマップでイラスト関係と音楽のソフトを見て回る。ほどなく閉店の時間となり、次に旭書店に行き『NHK趣味悠々―パソコンで音楽を楽しもう』（千二百円）、『NHK趣味悠々―やさしいピアノ塾』（千円）を購入する。帰宅したのは午後十時であった。NHKの『ニュース一〇』と続いて『筑紫哲也ニュース23』を観る。ニューヨークヤンキースで活躍する松井秀喜選手の一年を振り返る映像とインタビューが興味を引いた。

二〇〇三年（平成十五年）　十二月十七日（水）曇り

帰宅後、NHKの番組『クローズアップ現代』を観る。

二〇〇三年（平成十五年）　十二月十八日（木）快晴

今日は午前中のみの仕事で、家の近くの古本屋で、リチャード・J・ブレネマン著芹沢高志・高岸道子訳『フラーがぼくたちに話したこと』（めるくまーる社刊）と『ポロニカ第四号―特集日本・ポーランド人物交流史』（ポロニカ編集室刊／発売元・恒文社）と中村曜子著『ソ連美術史概説―リアリズム絵画の流れ』（ソ連邦美術家同盟監修・月光荘刊）を買い求める。ソフマップでパソコンソフトを見て歩く。帰宅後、午後七時のＮＨＫニュースを見る。政府から自衛隊のイラク派遣の実施要綱が発表された。テレビを見ているうちに寝てしまった。本屋巡りとパソコンソフトの選定で疲れていた。

二〇〇三年（平成十五年）　十二月十九日（金）曇天

午前四時に起床する。トイレと洗面を済ませ、机に向かう。午前六時五〇分に出勤の準備をする。着替えを済ませてから、コーヒーとトーストで朝食を摂る。

仕事を終えてから姪と池袋で待ち合わせる。メトロピアの二階にあるレストランで食事をする。大学のこと、寮のこと、両親のこと、アルバイトのこと、将来のことなどの話をする。午後九時半頃に帰宅する。

ＮＨＫの番組『人間ドキュメント』を見て、高知競馬場で活躍する競走馬ハルウララのことを知る。活躍といっても今まで、優勝したことがない馬である。ハルウララは他の競走馬よりも小柄で、厩舎にいる猫にも緊張するような勝負事には適さないような性格の持ち主で、見事に一〇〇連敗を喫していた。それでもめげずに懸命に走っている姿が共感をよんでいるという内容であった。

二〇〇三年（平成十五年）　十二月二十日（土）

今日は午前中のみの仕事。駅の近くのエクセルシオル・カフェで集中して読書をする。飲み物はカフェラテの大を注文する。読書を終えたのちに、同じビルの五階にあるブランド店で菊池武雄デザインの帽子を買い求める。六一七五円也。駅の売店で朝日と読売の夕刊を買う。帰宅後、ＮＨＫスペシャルを観る。

二〇〇三年（平成十五年）　十二月二十一日（日）冬至

午前九時頃に起床する。洗面を済ませてから、テレビをつけＮＨＫの番組『新日曜美術館―高畠華宵の大正モダニズム』を観る。ゲストは美輪明宏氏だった。華宵の生き方はアメリカの画家ロックウエルと共通点があるように思った。

図書館から借りてきたビデオ『ピアニストの黄金時代』(ピーター・ローゼン制作・監督・編集)を視聴する。貴重な映像がたくさんあった。ビデオで取り上げられていたピアニストはクラウディオ・アラウ、ルドルフ・ゼルキン、ウラディミール・ホロヴィッツ、グレン・グールド、ワンダ・ランドフスカ、マイラ・ヘス、アルツール・ルビンシュタイン、アルフレッド・コルトー、ヴァン・クライバーン、など有名な歴史的なピアニストばかりであった。

ボブ・ディランの歌を聴きながら、洗濯や新聞紙の整理をした。午後になってからピアノの練習をする。午後七時に愛車でさいたま市浦和区へ声楽とピアノのレッスンを受けに行く。午後九時半頃に帰宅する。

NHK教育のクラシック音楽番組でケント・ナガノ指揮によるNHK交響楽団演奏とロシアの指揮者ゲルギエフ指揮によるNHK交響楽団演奏による曲を聴きながら、野菜スープ(人参・ゴボウ・キャベツ・タマネギ・アズキ・白ゴマ)を作る。

二〇〇三年(平成十五年)　十二月二十二日(月)

仕事を終えて、職場の人と三人で「和民」で飲む。一時間半ほどで切り上げて、帰宅する。市立図書館にビデオ一本とCD四枚を返却する。返却する前にCDの説明書をコンビニでコピーをした。新たに借り出したCDのコピーを同じコンビニでコピーした。同人誌「旋律一二二号」が届く。

二〇〇三年（平成十五年）　十二月二十三日（火）快晴・天皇誕生日

午前九時に起床する。パソコンに向かい、アドレス帳とお気に入りの整理をする。ソフマップ川越店で購入したロジクール社製のヘッドセット付PCカメラ（三十万画素）をUSBを使って接続した。MSN、YAHOO、Qcamの各メッセンジャーで設置したカメラを通して映像が映るように設定した。

二〇〇三年（平成十五年）　十二月二十四日（水）晴れ・クリスマスイヴ

C・S・ノット著古川順弘訳『回想のグルジェフ―ある弟子の手記』を読了。

二〇〇三年（平成十五年）　十二月二十五日（木）晴れ

半日の仕事を終えて、寄り道をせずまっすぐに帰宅する。帰宅後は市立図書館で借りてきていたビデオを鑑賞する。ビデオの題名は『ポール・サイモン―メイキング・オブ・グレイスランド』で一九八六年に発表されたポール・サイモンのアルバム『Graceland』の製作の舞台裏を紹介するものだった。なぜポール・サイモンが南アフリカのミュージシャンたちとアルバムを作るようになったか、そしてそれはどのようになされたのかがよく分かるものだった。『Graceland』は全世界で千四百万枚のセールスを記録しているヒット作である。ポール・サイモンの人となりもよく分かるビデオであった。

二〇〇三年（平成十五年）　十二月二十六日（金）晴れ

仕事を終えて、友人のS君たちと食事会をする。場所は豊島区役所の近くで、最近オープンしたイタリア料理店でシェフは女性であった。コース料理を注文し、飲み物はグラスワインで白を注文した。全体に量が少なくて何か物足りなさを感じて帰宅したが、アパートに着くと空腹感を覚えたので、インスタントラーメンを作って食べた。

二〇〇三年（平成十五年）　十二月二十七日（土）快晴

同人誌「あるるかん」の小包を受け取りに、川越西郵便局まで愛車で行く。帰りにセルフサービスのガソリンスタンドで軽油を二千円分入れる。

二〇〇三年（平成十五年）　十二月二十八日（日）

韓国製のＭＰ３プレイヤーにパソコンから内田光子演奏のピアノ曲をインスツールした。通勤時に聴くためである。満員電車のストレス軽減になる。曲目は一九九一年五月に大阪シンフォニーホールと東京サントリーホールで収録されたモーツアルト作曲「『メッカ巡礼』の〈おろかな民が思うには〉（グルック）による十の変奏曲　ト長調　Ｋ―四五五」と「ロンド　イ短調　Ｋ―五一一」と「ピアノソナタ第十七番　ニ長調　Ｋ―五七六」と「アダージョ　ロ短調　Ｋ―五四〇」。それと一九八九年にロンドンで録音されたドビィッシー作曲の「十二のエチュード」と一九九八年十二月にミュンヘン、ヘルクレスザールで録音されたシェーンベルク作曲「３つのピアノ小品」である。これらの曲を明日から何か月にもわたって、聴きこむことになる。内田光子のピアノ演奏は余計なものが、削ぎ落とされた鋭敏な透明感のある演奏だと聴きながら思った。内田光子はウィルヘルム・ケンプ、フジコ・ヘミングに続く集中的に聴きこむピアニストである。

二〇〇三年（平成十五年）　十二月二十九日（月）

Amazon.comで注文していた書籍が届く。書名は『グルジェフ伝』で著者はジェイムズ・ムア氏、翻訳は浅井雅志訳で平河出版刊である。早速読み始める。わくわくする読書の楽しみを満喫する。

二〇〇三年（平成十五年）　十二月三十日（月）　晴れ

仕事納めの日で、仕事は午前中で終わり、昼食をとってから午後三時まで大掃除をして帰宅した。来年の仕事始めは一月五日（月）からである。

二〇〇三年（平成十五年）　十二月三十一日（火）　晴れ

仕事は今日から四日まで休みである。夜に格闘技の試合をテレビで見る。吉田対グレーシー、ボブ・サップ対曙の試合が行われた。吉田も曙も見ていられないほどの惨敗であった。

二〇〇四年（平成一六年）　一月一日（木）晴れ

何事もなく新年を迎える。

二〇〇四年（平成一六年）　一月二日（金）曇り

久しぶりに外に出て、アパートの近くを散歩する。

二〇〇四年（平成一六年）　一月三日（土）曇り

午前中にピアノの練習をする。練習の途中で箱根駅伝のテレビ中継を見た。午後二時半に愛車でピアノと声楽のレッスンを受けに行く。午後六時半頃に帰宅する。ロジャースで買い物をする。夜に一二チャンネルで徳山のプロボクシング世界タイトルマッチを見る。徳山が勝利した。これからもチャンピオンベルトを保持してもらいたいと思う。好青年である。

二〇〇四年（平成一六年）　一月四日（日）

午前九時頃に起床。毎日新聞朝刊を読む。年賀状六枚が届く。京都府与謝郡在住のAさんより詩集『拾遺』が送られてきた。二九編の詩が収められていた。Aさんにとって九冊目の詩集である。Aさんとは電話での会話はあるが、まだお会いしたことはない。夜、絵画制作をする。「雑アート二一横浜展」に出品するためである。展覧会の場所は神奈川県民センター一階（横浜市神奈川区鶴屋町二―二四―二）である。会期は一月一三日（火）～一月一八日（日）まで。他に詩一編を展示する予定である。

二〇〇四年（平成一六年）

一月五日（月）

午前七時四五分発の池袋行きの電車に乗って出勤する。まだ正月休みが続いている人たちがいるのだろう。電車内はまだ混みあっていない。座席に座ることができた。

初日の仕事を終えて帰宅する。往復の通勤時にMP3プレーヤーで内田光子氏演奏のピアノ曲を聴く。夕食を終えて愛車で東口図書館へ行き、ビデオとCDを返却した。新たにビデオ『航空機映像アーカイブス（2）』（二〇〇〇年制作・四五分）とCD『大江光の音楽』、『新しい大江光』を借りた。夜、十一時頃に長崎のHさんから大村のTさんのお母様が亡くなられたことを知らせてきた。

二〇〇四年（平成一六年）　一月六日（火）

朝、大村のTさんに弔電を打つ。亡くなられたご母堂は平明ではあったが、心を打つ詩を書かれた人であった。

佐世保市出身で青梅市在住の詩人、Sさんから詩集『遊行』（書肆　青樹社刊）が送られてきた。

二〇〇四年（平成一六年）　一月七日（水）晴れ

息をきらして走って出勤していたら定期券の入った財布を忘れたことに気づき、駅前で自宅に戻った。がっかりである。職場に電話で遅れることを伝える。

朝から疲れた。仕事を終えて駅の近くの東口図書館へ寄り道をして、CDを返却し新たにCDを借りた。グレン・グールド氏の演奏によるバッハの「イギリス組曲」とキューバ出身のギタリスト、マヌエル・バルエコ氏演奏による『ラテンの歌と踊り』である。曲の説明書をローソンでコピーした。

帰宅後に夕食を食べながらNHKの番組「クローズアップ現代―韓国文化パワー」を観

る。「韓流」という言葉を初めて知る。年賀状が六枚届く。夜遅くに借りてきたビデオ『航空機映像アーカイブス（２）―日本の民間航空史　戦後編』を観る。内容は主にＹＳ―十一の設計と製造、試験飛行と就航に関するものだった。他は国内外の政治家たちが利用した外国の旅客機を映しているだけのものでたいしたことはなかった。それにしても日本の戦後の航空機開発は壊滅的な損傷を受けて遅々として進めない状況にあることがよくわかるビデオであった。

二〇〇四年（平成一六年）

一月八日（木）晴れ

半日の仕事を終えてまっすぐに帰宅する。今日も通勤時に内田光子氏のピアノ曲を聴く。クロネコヤマトに電話して「雑アート横浜展」に出品する絵画作品を集荷してもらう。料金は一八〇〇円ほどであった。年賀状が八枚届く。夜八時になって愛車で東口図書館へ行き、ビデオとＣＤを返却する。新たにギタリスト村治佳織氏の『ＧＲＥＥＮ　ＳＬＥＥＶＥＳ』一枚とフランシス・プーランクの『ピアノ曲＆室内楽曲作品集』五枚、ビデオはイギリスＢＢＣ制作の『二〇世紀の冒険（１）』（四〇分）を借りた。帰ってからＣＤをＰＣに取り込む。

一月九日（金）快晴

二〇〇四年（平成一六年）

今朝は通勤電車の車窓から見事な富士山の雄姿を望むことができた。何か朝から得した気持ちになった。

仕事を終えて久しぶりに池袋東口にある新文芸坐へ行く。北野武監督の『座頭市』（二〇〇三年松竹制作・ベネチア国際映画祭監督賞受賞作品）と井筒和幸監督作品『ゲロッパ』（二〇〇三年シネカノン制作）を鑑賞する。両方の映画に岸部一徳氏が出演していて、異彩を放っていた。帰宅は深夜一二時を過ぎていた。寒くて疲れた。年賀状が七枚届く。今日も往復の通勤時に内田光子氏演奏のピアノ曲を聴く。

一月十日（土）快晴

二〇〇四年（平成一六年）

勤務先の病院で胃潰瘍の薬を処方してもらう。痛みはないが食後に胃が重く感じられる。職場の近くにある料金千円の床屋で散髪をする。髭剃りと洗髪はもちろんなしである。最後に備え付けの掃除機のような吸引機で刈り取った髪を吸い上げる。東口図書館でＣＤ六枚を返却し、新たにＣＤ二枚を借りる。一枚はスペインのピアニストのアリシア・デ・ラローチャ演奏による、エンリケ・グラナドス作曲の作品集、二枚目はマヌエル・バルエコのギター演奏によるイサーク・アルベニス（一八六〇～一九〇九年）作曲による『スペイン組曲』（完全全曲版）とホアキン・トウリーナ（一八八二～一九四九年）作曲によるギター曲全集、「ファンダンギリョ」、「セビーリャ」、「疾風」、「タルレガを讃えて」、「ソナタ」であった。

午後三時にケーブルテレビの工事が入る。居住するアパートの全室に行われた工事であった。一五分程で終了する。広島県呉市にあるますみやみそ（株）が製造している「ちりめんいりこみそ」をつまみにしてエビスビールを飲む。もやしと白のすり胡麻を入れて即席ラーメンを食べる。食後、睡魔に襲われる。午後五時から十一時頃まで寝てしまう。洗濯物をベランダに干す。冴えわたった月と星たちがきれいだ。

二〇〇四年（平成一六年）

一月十一日（日）**快晴**

午前零時五〇分から二時四〇分までNHKで「高橋真梨子コンサート二〇〇三」を視聴する。「別れの朝」・「桃色吐息」・「五番外のマリー」などの曲を聴くことができた。午前四時から五時までヒストリー・チャンネルの番組『シベリア横断鉄道』を観る。観終わってから床につく。午前八時半頃に起床する。コーヒーを煎れ、毎日新聞朝刊を読む。書評欄に逗子在住の詩人T氏の作品がトップに取りあげられていた。T氏に電話するも留守で、コメントして電話を切る。午後にピアノの練習をする。電車を使って浦和へ行き、声楽とピアノのレッスンを受ける。午後一〇時頃に帰宅する。電車の中でハリー・ベンジャミン著大野純一訳j『グルジェフとクリシュナムルティーエソテリック心理学入門』を読む。

二〇〇四年（平成一六年）　一月十二日（月）晴れ

今日一日ほとんどを創作活動に時間を割いた。創作の合間に洗濯をし、布団を干した。創作に熱中して布団を取り込むのを忘れてしまい、午後四時半になってしまった。午後七時半からＮＨＫの番組『大自然スペシャル』を観る。

二〇〇四年（平成一六年）　一月十三日（火）雨のち曇り

仕事を終えて池袋東口にある新文芸坐で、香港と中国の映画二本を観る。『インファナル・アフェア』（香港）と『ヒーロー』（中国）であった。帰宅したのは午後十一時半頃だった。

二〇〇四年（平成一六年）　一月十四日（水）快晴

仕事を終えて帰宅すると、恩師の小川五郎（高杉一郎）先生より葉書が届いていた。お元気なご様子でひと安心した。午後九時半頃に疲れて寝てしまった。昨夜の映画鑑賞の疲れが出たのであろう。今日も通勤時に内田光子氏演奏によるモーツァルトとドビッシーとシェーンベルグの曲を聴く。

二〇〇四年（平成一六年）　一月十五日（木）

午前四時頃に目覚める。インターネットを利用して「雑アート横浜展」の状況を知る。雑アート横浜展のホームページのＢＢＳでメッセージを送る。

朝の出勤時に柳瀬川鉄橋から澄み渡った富士山を観た。午前中の仕事を終えて池袋駅から午後一時三九分発の横須賀行きの電車に乗り、横浜駅へ行く。横浜駅西口から徒歩五分のところにある神奈川県民会館へ行き、雑アート横浜展を鑑賞する。雑アートのスタッフであるカッタさん、こだまさんと初めてお会いする。

二〇〇四年（平成一六年）　一月十六日（金）

午前二時半頃に目が覚める。

二〇〇四年（平成一六年）　一月十七日（土）曇り

寒い。午前中の仕事を終えてまっすぐに帰宅する。洗濯を二回行う。合間に発声練習をする。午後六時半に愛車で浦和まで行き、声楽のレッスンを受ける。コンビニで買い物をして、午後一〇時半頃に帰宅する。明日は午後二時半から声楽の発表会がある。既に緊張が始まっている。

二〇〇四年（平成一六年）　一月十八日（日）晴れ

午後一時十五分発の電車に乗り、浦和へ向かう。午後二時半から「さいたま市民会館浦和」の八階小ホールで声楽の発表会があった。Edelweiss（Oscar Hammerstein 作詞/Richard Rodgers 作曲）と Ave Maria（Johann Sebastian Bach 作曲/Charles Francois Gounod 作詞）の二曲を歌った。Ave Maria はうまく歌えなかった。Edelweiss はまあまあだった。

午後五時十五分頃に会場を後にした。JR浦和駅に行く途中に古書店に立ち寄り、『原爆に夫を奪われて—広島の農婦たちの証言』（岩波新書・神田三亀男編）、青来有一著『聖水』（文芸春秋社刊）、『イスラム教の本』（学習研究社刊）、『国文学—日記そのディスクール』（学燈社刊／一九九六年二月号）、『群像—二〇〇一年創作特集』（講談社刊／二〇〇一年一月号）、『シンポジウム英米文学—現代詩』（学生社刊）、『精神世界総カタログ1999』（ブッククラブ会刊）を購入する。総額で丁度二〇〇〇円だった。

二〇〇四年（平成一六年）

一月十九日（月）雨・午後晴れ

歯が一本抜けたため仕事を終えて、職場近くの歯科医院で歯の治療をする。歯科受診の予約を明日の午後六時にした。今日も通勤の往復時にMP3プレーヤーで内田光子氏演奏によるモーツァルト作曲のピアノソナタを聴く。駅のスタンドで朝日と読売の夕刊を買う。

午後八時から四五分までNHKの番組『地球・ふしぎ大自然—森の忍者・ヤマネ』を観る。撮影場所は八ヶ岳の森の中。ヤマネは国の天然記念物に指定されている動物で、化石の発見で約五〇〇〇万年前から生息していることが確認されている。ヤマネの仲間にはネズミとリスがいる。映像では花をしきりに食べていたが、ヤマネは齧歯《げっし》類に分類されているが歯と顎《あご》はそんなに強くないとのことだった。ヤマネはネズミ目ヤマネ科の一属一種で日本の特産である。北海道を除く本州、四国、九州の山林に生息して冬眠をする哺乳類である。冬眠時のヤマネの体温は一度ぐらいになるそうである。ヤマネが冬眠の時期を判断するのは食べ物や気温の変化などによって知り、脳が肝臓に冬眠時に必要な特別の蛋白質を作るように指示を出すそうである。番組の説明によるとヤマネの親が子に口移しで、餌を与えている姿を撮影したのは世界で初めてだそうである。体長六センチ〜八センチしかない小動物が五〇〇〇万年も生き続けているということが、簡単には想像できない。

二〇〇四年（平成一六年）　一月二十日（火）快晴

朝風呂して出勤する。身体全体がシャキッとして気持ちがいい。午前七時四五分発の各駅停車池袋行きの電車に乗ることができた。座席を詰めてもらって着席する。イヤフォンを耳につけて内田光子氏演奏によるピアノ曲を聴きながら通勤する。午前八時二一分頃に職場のある駅に着く。午後六時仕事を終えて職場の近くにある歯科医院で歯の治療を行う。十五分程で終了する。寄り道をしないでまっすぐに帰宅する。

午後九時から午後一〇時までＮＨＫの番組『プロジェクトX―日米ブルドーザー対決』を観る。小松製作所の社史を扱うような内容で、観方によっては小松製作所の宣伝となるようなものであった。午後一〇時四〇分頃にニュースを見ながら寝てしまった。

二〇〇四年（平成一六年）　一月二十一日（水）晴れのち曇り

仕事を終えて池袋に出る。新文芸坐でクエンティン・タランチーノ監督作品を二本鑑賞する。

自分の中に確固とした「美」を根付かせること
身体を清潔に保つこと
体液と意識の循環を良くすること

二〇〇四年（平成一六年）

一月二十二日（木）晴れのち曇り

午前中の仕事を終えて、午後三時に歯科受診。駅のそばにあるドトール・コーヒー店で大のコーヒーラテを飲みながら、三〇分ほど読書する。帰宅後、ベランダに洗濯物を干す。図書館から借りだしていたビデオ『二〇世紀の冒険（1）―鳥のように人力飛行の追求／華麗なる曲芸飛行』（BBCワールドワイド　ヌーガス／マーティン・プロダクション制作・四〇分・天然色／一部モノクロ）を観る。今年でライト兄弟による動力飛行が達成されて百年になるが、ライト兄弟の遥か昔から飛行に対する人類の取り組みはなされていた。ビデオではレオナルド・ダ・ヴィンチから始まっていた。飛行のモデルとなったのは勿論、鳥であるが羽ばたくやり方を真似て何人もの人たちが試みたが飛行は成功しない。衝撃的な映像は大きな風呂敷のような布を身に纏《まと》った男性が、エッフェル塔から飛行を試みたものであった。男性は地面に激突する。日本の風船おじさんのように飛行する夢を抱きながら、結果は自殺行為にも似て悲劇的なものであった。羽ばたき飛行がうまくいかないので、次に試みられたのが、羽を広げたままの飛行であった。それがグライダーの開発につながっていった。

二〇〇四年（平成一六年）

二月七日（土）晴れ

グレン・グールドのピアノ演奏（バッハの「イギリス組曲」）を聴きながら通勤する。半日の仕事を終えて、職場の近くに昨年オープンしたディスカウントショップ「ドンキホーテ」（川越街道そば）で買い物をする。三点購入する。一、アルカリ乾電池充電器（単三・単四形一九八〇円）二、組み立て式ＣＤラック（一四枚収納四九五円）三、タイマー（セイコー製一九八円）。アルカリ乾電池充電器は今まで使い捨てだったのが、充電することで一〇回ほど再利用できる。説明書には新品電池能力の五〇％から七〇％ほど回復するとある。

午後九時から同五〇分までＮＨＫスペシャル『ドキュメント・エルサレム（後編）和平

はなぜ実らないのか─アラファト対シャロン』を観る。パレスチナ人のアラファトもイスラエル人のシャロンも軍人またはテロリストとして、多くの人命を奪ってきた人物である。彼らが権力の中枢にいる限り平和はこないだろう。また彼らの考え及び方法を踏襲する継承者たちも平和をもたらすことは出来ないだろう。共存共栄の道を模索する人たちの登場が必要である。

二〇〇四年（平成一六年）

二月八日（日）

午前二時頃に目が覚める。昨日の毎日新聞の夕刊にロシアの作家ウラジミール・ボゴモロフ氏への追悼記事があった。追悼記事を書いたのは元モスクワ特派員だった石郷岡健氏。ウラジミール・ボゴモロフ氏はアンドレイ・タルコフスキー監督の作品『僕の村は戦場だった』の原作者だった。原作の邦題は『イワン』で一九五八年に発表された作品だった。追悼記事の中に生前、日本の戦争文学作家の島尾敏雄氏がボゴモロフ氏を訪ねたとある。興味深い。ウラジミール・ボゴモロフ氏は共産党にも作家同盟にも所属せず、時流におもねることなく終日自宅に引きこもり変人と言われながらも、戦記文学をこつこつと何度も推敲しながら書き上げていった作家であった。追悼記事を読んで島尾敏雄氏がわざわざ訪ねて行ったことも合点がいった。

午後九時から同五五分までＮＨＫスペシャル「探検・溶かされた大地」（メキシコ南部謎の巨大洞窟・硫酸を生み出す原始の生命）を観る。アメリカ人の研究者と共にＮＨＫのスタッフは硫化水素ガスが噴出する洞窟を、防毒ガスマスクを装着して探検する。この洞窟の環境はアメリカ人研究者によれば、生物が地球に登場した原始地球に酷似しているそうだ。洞窟ではコウモリが群れ飛んでいた。しかし硫化水素ガスが充満する低空では飛ばず、天井近くを飛翔していた。誤って低空を飛んだために命を落とした、一匹のコウモリの死骸を映していた。最も驚いたのは、硫化水素を栄養物としているバクテリアの存在であった。バクテリアは大きさが五〇〇分の一ミリなのだが、人体に有害な濃硫酸を排出していた。その排出された濃硫酸が洞窟内の石を溶かし、鋭利な刃物で切り取ったような景観を作っていた。また驚かされたのは硫化水素が溶けている水に生息している魚がいたことである。小魚の一種類は多数いた。その小魚を餌とするウナギの仲間がいた。

今日は快晴で洗濯を二回し、布団を干した。新聞の整理をして、自分にとって大事だと思われる記事は鋏で切り取った。夜には月が満月に近く、月光が冴えわたっていた。深夜にフジテレビで格闘技のプライドの試合を見た。ミルコ・クロコップは将来、クロアチアの大統領になるかもしれないとふと思った。

二〇〇四年（平成一六年）　　二月九日（月）晴れ

グレン・グールドのピアノ演奏を聴きながら通勤する。月曜日の通勤は他の日より疲れる。一日の仕事を終えて帰宅後、午後八時からＮＨＫの番組『地球・ふしぎ大自然』を観る。番組では沖縄県西表島の海中に生息する植物ウミショウブを取り上げていた。初めて知る植物の生態に、興味深く番組を観た。ウミショウブの祖先は陸で生活していたが、その後約一億年をかけて海中で生活できるように進化を続けてきた。夏に取材した映像では、海中からたくさんの白い花が海面に浮かびあがってきていた。ウミショウブの花は海面に出た瞬間に反り返って、水面の上に立ち上がる。内側になる面は親水性で海水を取り込み、外側になる面は撥水性の構造で立ち上がれるようになっている。立ち上がることで海面を浮遊することが出来、それを開いた雌蕊が花粉を取り込み受粉する仕組みになっている。陸生の植物が海中の植物になったということが驚きであった。

二〇〇四年（平成一六年）　　二月十日（火）晴れ

今日も往復の通勤時にグレン・グールドのピアノ演奏によるバッハの「イギリス組曲」を聴く。夜、図書館から借りてきていたビデオ『二〇世紀の冒険―音速の壁に挑む／飛行船物語──（２）』を鑑賞した。飛行機の登場以来飛行速度を競うようになり、それを助長したのがゴードン・ベネット杯であった。さらに飛行速度を速めたのが、第二次世界大戦の勃発であった。ドイツのメッサーシュミットや一九四七年に人類史上初めて音速を超えたアメリカのＸ１機が映されていた。ビデオでは飛行船の映像もあった。飛行船は一七八〇年代にフランスのモンゴルフィェ兄弟が初めて熱気球の飛行に成功することから発展していった。一八八〇年代には内燃機関を搭載した飛行船が開発され、交通手段として使用された。一九〇〇年にはドイツにおいて軽金属で出来た機体を持つ大型のツェペリン型飛行船が飛行実験に成功した。飛行船の運行とさらなる開発は、一九三七年に起きた豪華旅客飛行船ヒンデンブルク号の着陸寸前に起きた爆発・炎上した衝撃的な事故を境に衰退していった。

二〇〇四年（平成一六年）

二月十一日（水）晴れ

午前九時半頃に起床する。衣類を洗濯しベランダに干す。正午頃に家を出て、池袋に電車で行く。車中で読書する。池袋西口で中国・天津生まれのワンさんと会う。西口近くの中華料理店で会食する。近況を報告しあった。四月からニューヨークへ留学するワンさんの意気込み聞く。ワンさんは天津外国語大学を卒業して、日本の国立大学の大学院で日本文学と日本語を勉強した人である。日本へ来てから十五年が経つそうだが、向上心旺盛な人で、コロンビア大学大学院（比較言語学専攻）へ入学を希望している。将来は母国中国で学校を設立したいそうである。

二〇〇四年（平成一六年）　　二月十二日（木）晴れ

半日の仕事を終えて仕事場近くの銀行へ行き、最新のキャッシュカードへの変更手続きをした。十日程して出来上がり、郵送してくるという話だった。その間はキャッシュカードが使えないということだったので、急遽お金を引き出した。その後カレー専門店でコロッケカレーを食べてから、両国へ向かった。江戸東京博物館で開催されている『丸山応挙展』鑑賞するためだった。東武東上線で池袋駅に出て次に山手線外回りに乗り秋葉原駅まで行き、そこで総武線に乗り換え隅田川を渡り両国駅で下車した。江戸東京博物館は駅のそばにあった。隣には国技館があった。

丸山応挙の絵は素晴らしく、観に来た甲斐があった。絵を観ながら胸がジーンとして、感動するものがこみ上げてきた。久しぶりに味わう感情だった。夢中で観ていて、ふと隣の人を見ると石原慎太郎東京都知事だった。お付きの人が五、六人いて、学芸員と思われる人が絵の説明を都知事にしていた。都知事御一行様には人を威圧するような雰囲気はなかった。絵を見終ってから二五〇〇円の『丸山応挙展』カタログを購入した。今日は携帯用（アイワ製）のラジオでＶＯＡの英語放送を聴きながら移動した。

二〇〇四年（平成一六年）　二月十四日（土）晴れ

今朝もＭＰ３でグレン・グールドのピアノ演奏を聴きながら通勤する。午前中の仕事を終えて、寄り道をせず真っすぐに帰宅する。職場でバレンタインデーということで八個のプレゼントをいただく。義理チョコ、義理クッキーであっても、いただいたことに感謝である。ホワイトデーを忘れないようにしなければと自分に言い聞かせる。

風邪気味で体調が悪く、帰宅後は何もする気が起らず身を横たえて休む。

二〇〇四年（平成一六年）　二月十五日（日）晴れ

午前三時頃に目が覚めてしまう。体調は少しよくなった。テレビを見ながら時間を過ごす。午後五時半頃に毎日新聞の朝刊に目を通す。窓から朝日が射しこみ、眩しい。テレビ朝日の番組「サンデー・プロジェクト」を見る。中曽根元総理大臣と牛丼チェーン店吉野家の社長の話に耳を傾ける。また中田横浜市長の積極的な仕事ぶりを知る。例えば横浜市独自のマンション条例の制定と、談合入札に対して毅然とした姿勢は評価できると思った。

午後四時からテレビ東京の番組「日高義樹のワシントンリポート」を視聴する。番組では元NHK特派員で現在ブルッキング研究所主席研究員の日高義樹氏とアメリカの政治評論家キム・ノバック氏が、エバンズ商務長官にインビューした。商務長官が二人から受けた質問は一、アメリカ国内の経済状況の先行き　二、中国との自由貿易に関する問題点三、日本の構造改革に対する評価　四、石油と天然ガスの需要と供給に関する見通し等であった。

午後六時半頃に声楽とピアノのレッスンを受けに、浦和まで出かける。声楽で練習している曲は「マイ・ウェイ」である。

二〇〇四年（平成一六年）

二月十六日（月）晴れ

風が強い一日であった。仕事を終えていったん帰宅して夕食を摂り、それから東口図書館へ行った。CDとビデオを返却して、新たにグレン・グールドのCD二枚、J・S・バッハの「トッカータ集」（全七曲）とギタリスト山下和仁氏のCD、「主よ、人の望みの喜びよ」（バッハ小品集）とビデオ『二〇世紀の冒険（3）』を借り出した。

二〇〇四年（平成一六年）　二月十九日（木）　晴れ

半日の仕事を終えて、まっすぐ帰宅する。図書館から借りてきたビデオ『二十世紀の冒険（3）』を鑑賞する。内容は飛行機による大西洋横断と太平洋横断と世界一周に挑む数々の記録映像であった。大西洋横断に成功したリンドバーグの映像もあった。

申請していた新しいキャッシュカードが届いた。最寄りの駅ビルにルミネが開業して、スターバックス（コーヒー）、ブックファースト（書籍）、ポンパドール（パン）、成城石井（食料品）、ロフト（文具）、パステル（洋菓子）、新星堂（音楽）が営業を始めた。

二〇〇四年（平成一六年）　二月二十一日（土）　晴れ

今朝もグレン・グールドのピアノ演奏を聴きながら通勤する。半日の仕事を終えて、ふじみ野駅で下車し徒歩で大井町サティへ行く。映画『赤い月』を観るためであった。観る前に一階で太巻きと紙パックのお茶二つ買って腹ごしらえをする。ワーナーマイカルは四階にあった。大井町サティに来たのは初めてであった。

『赤い月』（二〇〇三年製作）の原作者はなかにし礼氏、脚本は井上由美子と降旗康男、監督は降旗康男、撮影は木村大作、美術は福澤勝広、音楽は朝川朋之、製作は富山省吾、プロデューサーは山田健一、主演は常盤貴子氏、他の出演者には伊勢谷友介、香川照之、布袋寅泰、大杉漣、山本太郎などが出ていた。舞台となった場所は旧満州の牡丹江とハルピンである。『赤い月』(新潮社刊)はなかにし礼氏の自伝小説で、氏の母親と思われる一人の女性の生きざまを小説にしたものである。なかにし礼氏の原作による映画は『長崎ぶらぶら節』(二〇〇〇年製作・監督は深町幸男、脚本は市川森一、撮影は鈴木達夫、音楽は大島ミチル、主演は吉永小百合、渡哲也、他に原田知世、藤村志保、いしだあゆみ、高島礼子、尾上紫、永島敏行、勝野洋、岸部一徳、松村達夫、渡辺いっけい等が出ていた。)以来である。映画を観終わって午後六時頃に帰宅する。

午後九時から九時五〇分までNHKスペシャルを観る。午後十時からNHKの教育番組「詩人山之口漠」を観る。山之口獏氏は沖縄県出身の詩人で、今年生誕一〇〇年を迎えた。本名は山口重八郎。名前は知っていたが、今回初めて山之口獏氏の具体的な生活ぶりを知った。番組に登場したシンガーソングライターの高田渡氏の歌は、味があってまた聴きたいと思った。

二〇〇四年(平成一六年)　　二月二十二日(日)晴れ

午後九時頃から嵐となる。窓ガラスが割れるのではと思うくらい強い風が吹いた。

二〇〇四年（平成一六年）　二月二十三日（月）晴れ

風強し。仕事を終えてからワーナーマイカル板橋でトム・クルーズ主演の新作映画『THE　LAST　SAMURAI』を鑑賞する。駄作ではないが名作とは言えない作品だと思った。何かが足りない。渡辺謙氏のアカデミー助演賞受賞はないとみた。さてどうなるか興味津々である。午後十時半頃に帰宅する。

二〇〇四年（平成一六年）　二月二十五日（水）晴れ

通勤の往復時にグレン・グールドのピアノ演奏によるバッハの「イギリス組曲」をMP3で聴く。グレン・グールドのピアノ演奏が身体に沁み込んでくる。午後九時からNHKの番組「その時歴史が動いた」を観る。薩摩藩の島津義弘、長州藩の毛利輝元、伊達藩の伊達政宗の処世術と生き方が取り上げられていた。六年前に七九歳で亡くなった父の事を、もっと深く知りたいという思いが込み上げてきた。

二〇〇四年（平成一六年）　二月二十六日（木）快晴

目覚まし時計が鳴る前の午前六時に起床する。図書館から借りてきていたCDをパソコンに取り込んだ。一枚目は山下和仁氏のギター演奏によるバッハの曲（全二一曲／録音は二〇〇三年四月東京）。山下氏が使用したギターはホセ・ラミレス氏（スペイン・マドリード）製造の一九九〇年製と二〇〇三年製のものだった。二枚目と三枚目はグレン・グールドのJ・S・バッハ『トッカータ集』（全七曲／録音は一九六三年四月ニューヨークと一九七六年一〇月、一一月トロント、一九七九年五月、六月トロント）。パソコンに取り込んだ曲をオーディオプレーヤーにインストールする。インストールに手間取って遅刻しそうになり、慌てて出勤する。腕時計をつけ忘れる。

午前中の仕事を終えて東武東上線成増駅まで行き、高島平操車場行きの国際興業バスに乗り板橋区立美術館前で下車した。バスの運転手から千円のバス共通カードを購入して、二百十円の運賃をそのカードで支払った。板橋区立美術館へ来たのは初めてであった。来た目的はミッフィー（日本名うさこちゃん）やブラック・ベアの絵本で有名なディック・ブルーナ（Dick Bruna）の展覧会を鑑賞するためだった。会場に着くと幼児を連れた親子連れが多数見受けられた。全体的に女性が多かった。これ可愛いね！という声が聞こえてきた。ディック・ブルーナ氏は一九二七年にオランダのユトレヒトで生まれている。氏は一〇〇冊以上の絵本を出版しているが、絵本以外にもポスター、本の装丁、挿絵、切手の図案などの仕事もしている。絵本作家であり、グラフィック・デザイナーでもある。今回の『ディック・ブルーナ展』は半世紀に及ぶ創作活動の全容を示す大規模な回顧展であった。展示は四章に分かれていて、第一章は「生い立ち」、第二章「初期のデザインとブラック・ベアシリーズ」、第三章「絵本と広がるデザイン」、第四章「ブルーナとアート&デザイン」となっていた。展覧会にはブルーナ氏の作品以外に、氏が影響を受けた芸術家及び同世代のデザイナーの作品も展示されていた。アンリ・マチス（一八六九〜一九五四）の「ジャズ」と題された版画集から二点、フェルナンド・レジェ（一八八一〜一九五五）の「誕生日」と題されたタピストリー一点、アレキサンダー・カルダー（一八九八〜一九七六）の「波状の舵」と題されたキネティック・アート作品一点、ピート・モンドリアン（一八七二〜一九四四）の「コンポジッション」と抽象画（シルクスクリーン、紙）一点、ゲリット・リートフェルト（一八八八〜一九六四）の椅子（レッド・&ブルー・チェア）一点が展示されていた。他にブルーナ氏以外のポスター作品「北極星号」（一九二七年）、「牛乳石鹸モン・サヴォン」（一九四九年）、「清涼飲料水ペピータ」（一九五八年）、「PTTのデザインの背後にいる男展」（一九六〇年）、「オランダに住もう」（一九五九年）、「一四三枚の国際ポスター展」（一九五八年）、「オランダ・フェスティバル」（一九五九年）、「図書週間ーヨーロッパと本」（一九六三年）、「都市計画展」、「テレコミュニケーション」、「ブリティッシュ・ユナイテッド・エアライン」（一九六二年）が展示されていた。ディック・ブルーナ氏の絵本の制作過程が分かる展示内容もあったので、興味深く鑑賞した。展示数は一三〇〇を超えていた。観終わってから一階にある売店でカタログ『ディック・ブルーナ展』（二千円）と絵葉書三枚（九百円）を買い求めた。

お腹がすいたので回転すし屋に入り五皿食べる。新しく出来たルミネ内にあるスターバックスでホットコーヒーを飲みながら、三〇分程読書をして帰宅する。駅の売店で朝日と読売の夕刊を買う。

二〇〇四年（平成一六年）　　　　　　　　　　二月二十七日（金）晴れ

山下和仁氏のギター演奏によるバッハの曲を聴きながら、往復の通勤をする。仕事帰りに今月十九日にオープンしたルミネに入っているお店を探索する。新刊書店のブックファーストで『ユリイカー特集ツェラン』（青土社刊・平成四年一月一日発行）を購入する。ルーマニア生まれのユダヤ系で、ドイツ語で詩を書いたパウル・ツェランに興味を抱き、著作や関連書があれば購入するようにしている。今日買い求めた雑誌には、今まで見たことがないツェランの写真が掲載されていた。

二〇〇四年（平成一六年）　　二月二十八日（土）晴れ

山下和仁氏のギター演奏によるバッハの曲（一、目覚めよ、と我らに呼ばわるものの声　二、主よ、人の望みの喜びよ～カンタータ第一四七番より　三、ラルゴ～チェンバロ協奏曲第五番第二楽章より　四、コラール～マタイ受難曲より　五、古き年は過ぎ去りぬ　六、主イエス・キリストよ　我汝に呼ばわる　八、来たれ、甘き死よ　他）を聴きながら通勤する。土曜日なので楽に電車の座席に座れた。至福の時である。

半日の仕事を終えて、寄り道をしないで帰宅する。帰宅後にヒストリー・チャンネルの番組を二つ観る。一つは『日本の詩情―四〇年の時を越えて』と題されたシリーズ物のドキュメンタリーで、三〇分の長さであった。内容は板橋区徳丸の北野神社に伝わる「田遊び」の神事を紹介したものであった。字幕に宮本常一監修とあった。映像は昭和三〇年前後と思われる古い映像で、ロケ地は職場の近くなのでその変貌ぶりには驚かされる。

続いて「日本の城」と題されたこれもシリーズもので、今日観たものは『姫路城』であった。姫路城にはイ・ロ・ハ・ニ・ホ櫓と言って、たくさんの櫓があるそうである。

二〇〇四年（平成一六年）　　二月二九日（日）曇り

インターネットでアメリカのゲームオンラインのReal Arcadeに接続してゲームを楽しむ。何回もやりたければお金を出して購入しなければならない。ＮＴＴコミュニケーションの営業マンから突然電話がかかってきて、ＯＣＮがやっているＣＯＣＯＡというインターネットの接続に関する商品を勧められる。

午後四時よりピアノの練習をする。それから浦和まで車でピアノと声楽のレッスンを受けに行く。

二〇〇四年（平成一六年）

三月一日（月）寒い

山下和仁氏のギター演奏によるバッハの曲を聞きながら通勤する。一日は映画が千円で鑑賞できる日なので、職場近くにあるワーナーマイカル板橋でアメリカ映画『シービスケット（Seabisucuit）』を観る。原作はローラ・ヒレンブランド著『シービスケット、あるアメリカ競走馬の伝説』、監督・脚本・製作はゲイリー・ロス、撮影はジョン・シュワルツマン、編集はウィリアム・ゴールデンバーグ、音楽はランディ・ニューマン、出演者はトビー・マグワイア（製作総指揮も担当）、ジェフ・ブリッジス、クリス・クーパー他であった。アメリカの大恐慌時代に実在した稀有な競走馬と、それに関わる騎手など三人の男の生きざまを描いた映画であった。二時間を越える映画だったが、自分の判定はＢ級映画であった。二時間二一分を無駄にしたような気持ちになった。ハリウッド映画には失望させられることが多い。

二〇〇四年（平成一六年）　三月二日（火）曇り

往復の通勤時に山下和仁氏のギター演奏によるバッハの曲を聴く。仕事を終えてNさんの誕生日プレゼント用として新星堂でCDを購入する。Nさんは今年の三月で大手マンションヨン販売を手掛ける会社を辞め、四月からワーキングホリデー制度を利用してオーストラリアへ渡航する。選んだCDは中国の楽器の二胡で、沖縄の曲を演奏したものだった。

帰宅後、NHKの番組『プロジェクトX』を観る。内容は日本初の国産コンピューター開発に関するものだった。開発の中心人物だった池田敏雄氏は五一歳でクモ膜下出血で亡くなったが、番組を観ていかに稀有の人であったかがよくわかった。アメリカの巨大コンピューター会社IBMに対して、果敢に挑戦していった池田氏をはじめ富士通のスタッフに対して拍手を送りたい。池田敏雄氏は国で顕彰してもいいくらいの業績を残したと思った。

二〇〇四年（平成一六年）　三月三日（水）曇り

雛祭りの日である。山下和仁氏のギター演奏によるバッハの曲を、聴きながら通勤する。至福の時である。仕事を終えて帰宅後、NHKの番組『クローズアップ現代』でフランスのドピルパン外相の発言に、耳を傾ける。ドピルパン外相はキャスター国谷裕子氏の「あなたはドゴール主義者ですね。」という問いかけに「いや、ドゴール崇拝者です。」と答えていたのが印象に残った。

午後九時から十時までヒストリー・チャンネルの番組『現代の驚異』シリーズ「炭鉱」を観る。

二〇〇四年（平成一六年）

三月四日（木）晴れ

午前六時起床。朝風呂する。午前七時二〇分頃に出勤する。山下和仁氏のギター演奏によるバッハの曲「主よ、人の望みの喜びよ」等を聴きながら、仕事場へ向かう。

午前中の仕事を終えて、用事のために中野区野方へ向かう。東武東上線中板橋駅で降り、環七へ出て中板橋駅口バス停留所へ歩いていく。八分程待って高円寺駅行きの関東バスに乗車する。バス賃は先日買い求めたバス共通カードで支払う。バスは環七を順調に走り、約二五分で目的地の野方駅北口に到着した。バスは赤羽駅から高円寺駅を結ぶ路線であった。一時間ほどで用事を済ませ、西武新宿線を利用して帰宅した。電車の運賃は四五〇円であった。昼食を摂っていなかったので空腹を覚え、駅のそばにあった松屋に入りヘルシーチキンカレー（二九〇円）を食べる。

午後七時からNHKの番組『クローズアップ現代ーアメリカ大統領選の行方』を観る。民主党のJ・ケリー候補とJ・W・ブッシュ現大統領による一騎打ちがどうなるか興味津々である。私は民主党のケリー候補を支持する。理由はケリー候補が国連重視と国際協調を表明しているからである。

ワイシャツ三枚を洗濯してベランダに干す。

二〇〇四年（平成一六年）　三月七日（日）晴れ

写真家のY・K氏と最寄りの駅で会う。スターバックスに入る。Y・K氏は被爆二世というテーマで写真を撮っている写真家である。

二〇〇四年（平成一六年）　三月十三日（土）曇り

山下和仁氏のギター演奏によるバッハの曲「目覚めよ、と我らに呼ばわる物見らの声」

などを聴きながら通勤する。午前中の仕事を終えて講演会を聴講するために、東武東上線と山手線を使って池袋経由で新宿駅西口へ向かう。会場は東京都議会議事堂一階都民ホール。新宿駅西口から都庁を循環する都バスに乗車する。都議会議事堂前で下車する。講演会は午後二時からで既に始まっていた。講演会の主催は東京都健康局と社団法人東京都医師会である。講演のテーマは二つあった。一つ目は「脳卒中の急性期リハビリテーションの実際―スムーズな在宅復帰に向けて―」で、講師は長野県松本市にある相澤病院総合リハビリテーションセンターの所長を務めている原寛実医師。要点は一、リスク管理下での早期離床と早期リハビリの徹底。二、病棟(生活の場)における早期リハビリテーションの実践。三、早期歩行の獲得とADLの改善による早期退院。四、回復期リハビリを在宅と外来通院で継続する。五、患者が生活の目標を見失うことのないリハビリテーションサービスの実現の五つだった。二つ目の演題は「脳外傷による高次脳機能障害―障害の理解と対応のために」というものであった。

三月十四日(日)晴れ

二〇〇四年(平成一六年)

午前九時頃に起床する。洗濯をしてから、昨日ベランダに干していた衣類を取り込む。毎日新聞の朝刊に目を通す。昨日、講演会の帰り道に池袋の東武デパート七階にある書店で購入した『ユリイカ―総特集田中小実昌の世界』（青土社刊・六月臨時増刊号）を観る。立田中小実昌さんとは一度、中野区沼袋で本好きの方々と宴席を共にしたことがあった。立った一度の出会いであったが、コミさんのことを思うとほのぼのとして、どこか懐かしい思いにさせてくれる。好きな作家の一人である。コミさんが旅先のロサンゼルスで死んだと新聞の記事で知った時、コミさんらしい死に方だと思った。

昨夜は一〇チャンネルの番組『スマステ3』で映画監督北野武氏を取り上げたイギリス・ドイツ、オランダ、フランスのテレビ・ドキュメンタリー番組を観た。日本では見られない北野武氏の隠れ家や発言を聞くことが出来た。

二〇〇四年（平成一六年）　三月十六日（火）晴れ

午前六時に起床。窓のカーテンを開ける。シャワーを浴び、朝食を摂る。午前七時二五分頃に出勤する。徒歩で最寄りの駅へ向かう。ＭＰ３プレーヤーで山下和仁氏のギター演奏によるバッハの曲を聴きながら通勤する。

（株）ＩＡＣＥ・トラベルのＫさんから旅行の日程表が送られてきた。成田発五月〇〇日一六時二〇分ニューヨーク行きコンチネンタル航空・便名ＣＯ８０５／Ｂ↓ニューヨーク着五月〇〇日一六時〇〇分（所要時間十二時間四十分）。ニューヨーク発五月〇〇日午前九時ワシントンＤＣ行きコンチネンタル航空・便名ＣＯ８０５／Ｂ↓ワシントンＤＣ着（Ronald Reagan National Airport）午前十時九分（所要時間一時間九分）。ワシントンDC発五月〇〇日午前九時ニューヨーク行きコンチネンタル航空・便名ＣＯ８０６／Ｂ↓ニューヨーク着午前十時（所要時間一時間）。ニューヨーク発五月〇〇日午前十一時十分成田行きコンチネンタル航空・便名ＣＯ９／Ｂ（所要時間十三時間四十分）↓成田着午後十三時五十分。航空保険料千四百円・成田空港使用料二千四十円・出入国諸税六千円・空港保安料三百五十円。

二〇〇四年（平成一六年）　三月十七日（水）晴れ

午前六時起床。携帯ラジオで在日米軍の英語放送を聴きながら通勤する。旅行会社のクマザワさんへ旅行日程の了承の電話を入れる。

二〇〇四年（平成一六年）　三月十八日（木）曇りのち雨

携帯ラジオで在日米軍の英語放送（ＶＯＡ）を聴きながら通勤する。午前中の仕事を終えて、一旦帰宅する。午睡して夕方に中野区野方へ行く。用事を済ませて午後八時頃に、西武新宿線を利用して帰宅する。移動中は山下和仁氏のギター演奏によるバッハの曲を聴く。

二〇〇四年（平成一六年）　三月十九日（金）晴れ

午前七時一〇分頃に出勤する。山下和仁氏のギター演奏によるバッハの曲を聴きながら、職場に午前八時に着く。電気をつけ暖房のスイッチを入れる。水を沸かし、抹茶入り玄米茶を煎れる。

夜に夕刊紙およびテレビのニュースで台湾の陳水扁総統が選挙の遊説中に銃撃されたことを知る。台湾と韓国の政局には関心をもって注視していきたい。北朝鮮問題も絡めて極東アジアの政治的・軍事的安定に重要な両国の政局である。同じ民主主義国家として両国は日本の同盟国である。

二〇〇四年（平成一六年）　三月二十日（土）曇りのち雪

寒いと思いふと外を見ると、雪が舞っていた。正午頃から季節外れの牡丹雪が降り始める。桜の開花が先日発表されたばかりで、雪が降るのが驚きであった。四月直前の雪は自分の記憶の中にはなかった。屋根に雪が積もり始める。名残の雪である。午後二時半頃には霙《みぞれ》に変わった。コーヒーを煎れる。コーヒーで火傷しないように慎重に飲みながら、毎日新聞朝刊を読む。それから洗濯をする。午後三時半頃には、屋根の雪が融けていた。雪も霰も姿を消した。前の家のテレビアンテナに尾長鳥が一羽とまっているのが見えた。

午後七時からNHKニュースを見た後、チャンネルを一〇チャンネルに替えて『ビートたけしのこんなはずでは〝アッパレ〟世界を制した日本人の発明スペシャル』を観る。この番組を観て養殖真珠を世界に先駆けて確立した御木本幸吉氏が、競争相手のヨーロッパの宝石商たちから養殖真珠は偽物だというキャンペーンを張られヨーロッパの宝石界から締め出されていたことを初めて知った。御木本幸吉氏は対抗策としてネガティブ・キャンペーンを張るフランスの宝石商達を裁判所に訴える。御木本氏はアメリカのスタンフォード大学の真珠の研究者に養殖真珠と天然物の真珠が違うかどうか鑑定を依頼する。研究者の鑑定は養殖真珠と天然真珠の構造は同じであるというものであった。

次に関心をもってみた日本人はアメリカ映画『ツインスター』のモデルとも言われる気象学者の藤田哲也博士である。名前は以前より知っていたが、今回知ったことで驚いたことは藤田博士が青年のころ原爆投下三週間後の長崎市に入って、爆発中心点と原爆落下中中心地を特定していたことである。爆風でなぎ倒された木々の状態を調査して原爆落下中心点を特定したと番組では紹介していた。焼け野原となった悲惨な状況下での調査は、大変な作業であったろうと思われた。藤田博士は難航する調査の過程で、墓地の竹製の花筒に残った焦げ跡に注目する。焦げ跡の傾斜角度から爆発中心地と落下中心地点を割り出した。爆発は地上より五二〇メートル上空であったことが分かった。気象の研究では昭和二十二年に福岡県と佐賀県の県境にまたがる脊振山測候所での実地研究で、今まで知られていなかった雷雲に生じる強い下降気流を発見する。藤田博士はその研究を論文にまとめ英訳して、アメリカの気象学の世界的権威バイヤーズ教授に送るのである。バイヤーズ教授は論文を評価し勤務するシカゴ大学に、藤田博士を招聘《しょうへい》するように推薦する。藤田博士は昭和二十八年に渡米し、シカゴ大学で気象学を特にアメリカ中西部に多く発生する竜巻を研究する。その後博士は竜巻の先駆的な研究をしていくことになる。藤田博士は被害にあった住民から、竜巻の写真を提供してもらう。写真に撮られていた空を蔽《おお》う黒い雷雲に注目し、竜巻が発生する気象のメカニズムを解明していく。藤田博士は竜巻の被害状況から竜巻の大きさを表す尺度を考案する。いわゆる藤田スケールといわれるものである。その後アメリカをはじめ世界で竜巻の大きさを表すものに藤田スケールが採用され、藤田の頭文字Fをとって Fスケールと表現されている。藤田博士の業績として挙げられるのが一九七五年にニューヨークのJ・F・ケネディー空港で起きた一二五人の死傷者を出した旅客機墜落事故の解明である。当初は墜落した旅客機の異常な航跡からパイロットの操縦ミスとされていたが、疑問をもった航空会社が藤田博士に調査を依頼する。藤田博士は原子爆弾の爆風を思い出し、ヒントを得る。上空の大気が急激に冷えて、一気に下降する爆風にも似た大風が発生することを突き止める。藤田博士はそれをダウンバースト（下降噴流）と命名する。このダウンバーストが知られるようになってからアメリカの空港をはじめ、日本の関西国際空港などにも、下降噴流を発見する装置が設置されている。藤田博士に対するアメリカ人の同僚たちのコメントは藤田博士の人間像を浮かびあがらせていた。聞いていて胸が熱くなった。

午後九時から八チャンネルの番組『サイエンスミステリー〈ＤＮＡが解き明かす人間の愛と真実〉』を午後一〇時五四分まで観る。この番組も興味深い内容であった。

二〇〇四年（平成一六年）　　三月二十一日（日）曇り

午前六時に起床。洗面を済ませ、洗濯物をベランダに干す。さらに洗濯機を回し、衣類を洗う。毎日新聞朝刊を読む。午後四時から十二チャンネルの番組『日高義樹レポート』（米国ハドソン研究所主席研究員）を観る。番組は日高氏によるウイリアム・コーエン前国防長官、シュレジンジャー元国防長官、リチャード・パール前国防会議議長の三氏へのインタビューで構成されていた。インタビューは第一部、日本がイラクに派遣した自衛隊に関するものだった。結論としての要点は一、イラクに派遣した自衛隊はテロの標的になる。二、日本は国際貢献が出来る普通の国になった。第二部、日本の自衛隊は北朝鮮に出動するのか？　要点一、北朝鮮の核開発は重要な問題である。二、アメリカは北朝鮮に対して軍事行動も含めて、あらゆるプランを策定している。第三部、アメリカの世界戦略は変わったのか？　第四部、北朝鮮とはいつ戦争をするのか？　第五部、日本は北朝鮮の拉致問題と核開発に対してどう対処するか？　要点一、日本人拉致は犯罪行為であり、そのことに対して犯罪者を罰しながら事件はまた起こるだろう。二、自衛隊のイラク派遣を最も注視した人物は北朝鮮の金正日だろう。インタビューした人物は共和党か現政権寄りの人物である。日高氏のインタビューは感情の波を逆立てるような質問で、聞いていて不快に思う自分を感じた。視点はアメリカ側からしか見ないもので、西部劇の中のアメリカ・インディアン、ベトナム戦争の中のベトナム人の視点がないハリウッド映画のようなもので、これがジャーナリズムと言えるものなのだろうか。大きな疑問である。ジャーナリズムの名を借りた政治プロパガンダ番組である。

郵便受けに宅配便で（株）ＡＩＣＥ・トラベルのＫさんから旅行の申し込み書類が送られてきた。午後五時半に洗濯物をベランダから撮りこむ

二〇〇四年（平成一六年）　三月二十二日（月）曇りのち雨

昨夜MP3プレーヤーの山下和仁氏のギター曲を消去し、新たにスペインの女流ピアニスト、アリシア・デ・ラローチャのピアノ曲をインストールした。曲目はスペインの作曲家のGranados Goyescasのものである。

二〇〇四年（平成一六年）　三月二十五日（木）曇り

アリシア・デ・ラローチャのピアノ演奏によるグラナドスの曲を聴きながら通勤する。半日の仕事を終えて東京駅にあるステーションギャラリーで開かれている「没後三十年―香月泰男展」を観に行った。副題は「私のシベリア、そして私の地球」というものだった。入場料は一般で八〇〇円であった。今年二〇〇四年は香月泰男（一九一一～一九七四）没後三〇年になり、それに合わせた回顧展である。東京ステーションギャラリーには初めて行った。作品は「シベリアシリーズ」もの三〇点（油彩作品・絵葉書・水彩画・素描・玩具・テラコッタなどの小彫刻）であった。香月泰男は一九一一年（明治四十四年十月）に山口県の三隅村（現在は三隅町）に生まれ、一九七四年に故郷の三隅町で亡くなっている。香月は三〇歳を過ぎて一九四三年に徴兵され、中国東北部に配属される。ハイラルで軍隊生活を送っていたが、敗戦によりソビエト軍の捕虜となりシベリアの収容所へ送られた。舞鶴へ帰還するまでの約二年間を香月泰男は、三か所の収容所で飢えと寒さと過酷な強制労働を経験することになる。

二〇〇四年（平成一六年）

三月二十八日（日）快晴

テレビ朝日の番組「サンデープロジェクト」で小泉総理大臣へのインタビューを視聴する。小泉首相へのインタビューを聞くのは久し振りである。インタビューの内容は一、健康問題（小渕元首相の死に絡めて、総理大臣の重責と激務について。）二、構造改革（具体的には道路公団と郵便事業の民営化について。）三、年金改革（政府試案の問題点について。）四、イラク問題（陸上自衛隊のイラク派遣とパレスチナ過激派ハマスの指導者ヤシン氏暗殺について。）五、環境問題（キャスターの島田伸助氏が六年ほど前に当時厚生大臣を務めていた小泉首相に、住居地のダイオキシン問題で陳情することから話が始まる。）これらのことはどれも日本の将来にとって、大事なことばかりである。なぜなら生活に直結するものばかりである。キャスターを務めていた島田伸助氏は、今日で番組を降りるそうだ。そのこともあって「サンデープロジェクト」に小泉首相が出演したのかもしれないと思った。毎日新聞朝刊に目を通していたら首相の動向欄で、「サンデープロジェクト」の小泉首相へのインタビューは六本木ヒルズで収録されていたことが記されていた。また六歳の子供が六本木ヒルズの回転扉に頭を挟まれて死亡した現場で、小泉首相が献花したという記事もあった。最近子どもが虐待されたり拉致されたり、悲惨な目に遭うことに心が痛む。日本社会全体を病巣が蝕《むしば》んでいるのだろうか。あるとすればその病巣はどのようにして形成されてきたのだろうか。自殺者と犯罪者が増加している。刑務所はどこも満員である。もう何年も前になるが親がパチンコに夢中になって、幼児が自動車の中で暑さのために死亡した事件があったが、そのあたりからおかしくなり始めていたのかもしれない。子どもを大事にしない日本人の未来は暗い。殺人など凶悪事件を犯す日本人男性の被害を受ける、子ども・女性・老人たちに同情を禁じ得ない。電車に乗っていても危険な男だなと感じることが最近多いことに気づく。何か鬱屈《うっくつ》しているものがあるように感じられて仕方がない。男性が生き生きしていないのである。対照的に女性の方が生き生きして、犯罪に手を染めないように思われる。男性の中では海外で活躍するサッカー選手や野球選手がひときわ明るく見える。

午後二時からTBSの番組『橋田寿賀子七八歳の挑戦ー南極の大地に立つ！』を観る。脚本家の橋田寿賀子が豪華客船「飛鳥」で、南太平洋のニュージーランドやタヒチやイースター島などに寄港しながら南米へ向かう。豪華客船「飛鳥」は三菱重工業長崎造船所で建造され、一九九一年に就航している。飛鳥は乗客数五九二名、乗組員二七〇名、客室数二九六室で排水量は二八八五六トン、最高速度二一ノット（一ノットは一八五二km／h）である。橋田寿賀子一向が乗船した飛鳥の航海は九二日間にわたる南米・南極への航海だった。飛鳥は二〇〇四年一月七日に横浜港を出港した。各地に寄港しながら太平洋をわたり、南米チリのプンタ・アレーナス港へ着く。そこで乗客はドイツの砕氷船ブレーメン号に乗り換えて南極大陸へ向かう。テレビの画面は見知らぬ土地の絶景を映していた。画面は橋田女史の動きを中心に映していたが、私にとっては地理的な興味から風景の映像に関心を持って観た。プンタ・アレーナス港を出港したブレーメン号はビーグル水道を通過する。フランス氷河では海に崩落する氷河が見られた。カメラは太陽が沈むときに見られるグリーンフラッシュ現象を映していた。砕氷船はホーン岬で停泊し、船客はゴムボートで灯台のある岬に上陸する。ホーン岬は岬と言っても島で、名前の由来はホーンというオランダ人の名前からきているそうだ。橋田女史一行は一三八段の階段を上って灯台とチリ海軍の基地を訪問する。灯台守は親子三人で二年を過ぎると交代だそうである。灯台守より船客はホーン岬到達証明書をもらっていた。ホーン岬は荒れた日が多くそのために船が座礁などして、遭難事故が多いところである。それで「アホウドリの碑」というスペイン語で書かれた鎮魂詩が岬に建てられている。ブレーメン号は暖流と寒流がぶつかるために荒れた海となるドレーク海峡を通過する。マダラカモメが飛んでいるが、それが南極大陸が近いことを示しているそうだ。テレビの画面は白い氷山を映しているが、古くなるほど氷山はブルー色になっていくそうである。クジラとペンギンが姿を現す。船はキング・ジョージ島へ着き、船客は上陸する。島には九か国の基地がある。船客はその中のロシア基地を訪問する。案内してくれたのはドイツ人女性の研究者だった。卒業論文を仕上げるためにロシア基地で研究しているそうだ。ロシア基地の傍にロシア正教会の教会があったのには少々驚いた。次に船はリビングストーン島へ向けて出港する。そして上陸する。島にはゼンツーペンギンとヒゲペンギンが棲息していて、羽根が生え変わっていく時期であった。次に南極大陸に二つしかない火山の一つであるレセプション島へ上陸する。ブレーメン号の船員二人が温泉の湧く砂浜を掘り、日本人乗客のために簡易お風呂を作る。気の早いご婦人が掘っている最中に水着に着替えて、泥水温泉へ入った。島には捕鯨基地跡とイギリス基地跡がある。ブレーメン号は穏やかなパラダイス湾に入る。湾にはペッツバルト氷河が注ぎ込み、氷上には数頭のヒョウアザラシが寝そべっている。ヒョウアザラシは縄張りを持って単独で行動するので、珍しい光景である。船客が乗ったゾディアックボートの下を、ミンククジラが泳いでいる。氷山は全体の七分の六が海中に沈んでいる。気象観測衛星による調査で、氷山は二十万個もあるそうだ。船員が氷山の塊をゴムボートに引き上げた。後の映像で分かったが、夕食時にウイスキーの氷に使っていた。ウェッデルアザラシがいる。船客はアルゼンチンのアルミランテ・ブラウン基地へ上陸して、南極大陸に初めて足跡を残す。ブレーメン号は長さ五百メートル、断崖の高さ千メートルあるルメール海峡を通過する。断崖の地層は一億五千万年前のもので、貴重なものであるという解説があった。次の行程に移り、船客は雪が降るピーターマン島へ上陸する。ゼンツーペンギンとアデリーペンギンが生息している。ペンギンの中でもアデリーペンギンだけが増えていて、現在約千五百万羽いるそうだ。アデリーペンギンは一回の食事が二週間分の食事となるそうだ。ウィンケ島に上陸して元イギリス基地であった南極博物館を見学する。橋田女史はそこで販売されている南極の切手を貼って葉書を熱海の自宅へ投函していた。サヤハシチドリの群れがいる。S字状になっているノイマイヤー海峡を通過する。卓上氷山が姿を現す。ペンギンの主食は南極オキアミである。ゾディアックボートに乗っていた橋田女史はボートの周りを泳いでいたヒョウアザラシを見て、海中に手を入れた。船員から海中に手を入れないように注意される。ヒョウアザラシはペンギンを主食とする肉食動物である。手を食いちぎられる危険性があったのである。

現象としての私

二〇一六年六月二〇日　発行

著　者　本村　俊弘

発行者　知念　明子
発行所　七　月　堂
〒一五六―〇〇四三　東京都世田谷区松原二―二六―六―一〇三
電話　〇三―三三二五―五七一七
FAX　〇三―三三二五―五七三一

Printed in Japan
ISBN 978-4-87944-256-7 C0092